新潮文庫

飛ぶ男

安部公房著

JN052882

新潮社版

11866

目次

飛ぶ男

飛ぶ男

患者名　保根治（ほねおさむ）　男　三十六歳　中学教師

主　訴　頑固な不眠　もしくは不眠幻想

病　名　『仮面鬱《うつ》病』ならびに『逆行性迷走症候群』の合併症

ぶつぶつと　呪文《じゅもん》のように　いつまでも……

1 飛ぶ男

ある夏の朝、たぶん四時五分ごろ、氷雨本町二丁目四番地の上空を人間そっくりの物体が南西方向に滑走していった。月明かりを背にした輪郭から判断したところでは、フイルム会社が宣伝用に飛ばしている新型の気球らしくもある。時速二、三キロ。しかし目が慣れるにつれて、首を傾《かし》げざるをえない。ガスを詰めただけの浮遊物体に、あんなレールに乗ったような直線飛行が可能だろうか？　どう見ても意思を持った自力走行である。知らないうちに完全に透明なハングライダーが発明されたのかな？　だとしても、電線すれすれの水平飛行は危険すぎる。あれほど低速でしかも正確な直線飛行は、ヘリコプター以外にはありえない。でも回転翼からの風なら上から下に吹きつけるはずだ。着衣の表面を走る縮緬皺《ちりめんじわ》は、高速道路の吹き流しみたいにはっきり横方向にはしっている。もしかすると、うっかりベッドから漂い出した夢遊病者かな？　そのつもりで見ると、裸足《はだし》だし、着衣は洗い晒《ざら》した細《ほそ》縞《じま》のパジャマ風で、とても外出用とは思えない。

しかし眠っているわけではなさそうである。何かを左手に持ち、耳に当てがっている。唇の動きも、誰かに喋《しゃべ》りかけている感じ。携帯電話だ。どうやら《飛ぶ男》の出現に立ち会ってしまったようである。

目撃者は三人いた。その中の一人が衝撃のあまり、発作的に空気銃で狙撃《そげき》してしまったのだ。圧搾《あっさく》空気を使った二連発式の強力なやつで、鼓型の鉛の弾が二発とも命中した。一発は左肩の付け根、もう一発は左の乳首。左肩の弾は筋肉で押し返されたらしく、すぐに爪先でほじり出せたが、乳首のは激痛と出血のため放置するしかなかった。

狙撃者の過剰反応には、それなりの理由があった。運の悪い男性遍歴のために重度の男性不信におちいっていた二十九歳の独身女性が、界隈《かいわい》に出没しはじめた暴行魔（指名手配十六号）の噂《うわさ》を耳にして以来、次の犠牲者は自分だと思い込んでしまったのである。不眠に悩まされ、食欲不振におちいった。勤務先での仕事ぶりにも変化が目立ちはじめる。市立病院の神経科で処方してもらった安定剤のたぐいはほとんど効果がなく、心配した同僚のすすめで購入した高性能の空気銃を装塡《そうてん》済みにして常時ベッドの枕元《まくらもと》に備えておくことにした。それなりに効果があった。血色もよくなり、体重も徐々に回復の兆《きざし》をみせはじめた。しかし二十九歳の独身女性としては、とても自慢できる話ではない。できれば隠しておきたい悪癖だ。《飛ぶ男》の目撃談も、おかげで未然に封じられたわけである。

ふたりめの目撃者は、腎臓疾患のために利尿剤を常用している暴力団の構成員で、ちょうどその時刻に尿意をもよおす習慣になっていた。しかし、夜明けまでにあと三十分、普段なら手洗いに行った記憶さえはっきりしない熟眠の時刻である。ただその朝は台風が通過した直後で、カーテンの隙間《すきま》から漏れる月齢17・4の輝きはびっくりするほど刺激的だった。日頃から川柳をたしなんでいたせいか、欲が出て、ついカーテンの隙間を押し拡《ひろ》げてしまう。題材にはなりそうにない《飛ぶ男》を認め、覚醒《かくせい》した。通報の義務を感じたが、思いなおした。暴力団員にそんな社会奉仕は似合わない。警察も、気象庁も、彼にあらぬ嫌疑をかけるのがおちだろう。子供のころ美術クラブに席をおいていた経験を生かして、デッサンをこころみた。かなりの出来栄えだとは思ったが、二度と取り出されることもなく、いまなお押し入れの隅に置き忘れられたままになっている。

三人目の目撃者は、《飛ぶ男》の携帯電話で呼び出しを受けた。それ以来、強度の神経症と不眠に悩まされることになる。

2 深夜の電話

電話が鳴っている。

保根治は反射的にベッドから降り、寄木《よせぎ》まがいの合板の床に立つ。受話器を見据えるだけで、すぐには手を出さない。腕時計の針は午前四時五分、電話に付き合ったりする時間ではなかった。目を覚した記憶がないから、夢のつづきかもしれないし、じつはまだ眠っていなかったとも考えられる。すべてがわざとらしく、嘘《うそ》っぽかった。電話の音だって本物かどうか、怪しいものだ。

仮に本物だとしても、どうせ間違い電話さ。午前四時に保根を懐《なつ》かしがったりする変わり者なんかいるものか。このところ、ひたすら目立たないように努め、蓑《みの》虫《むし》みたいに外界を避けてきた。保護色コンクールにでも出場できれば、上位優勝は確実さ。金メダルはカメレオンに譲っても、銅なら文句なしにいただきだ。

それとも回線の向う側は無限に循環している閉鎖回路で、発信人なしにコイルのハンマーだけが勝手に振動しているのかな？　誰もダイヤルしていないのに、回線システムの欠陥でベルが勝手に鳴りだしたのかもしれない。複雑になりすぎたケーブルの迷路……何日も何週間も迷いつづける電流群……蜘蛛《くも》の古巣みたいな電線の網……数千キロ四方にひろがる、もつれあった被覆銅線の毛糸玉……その糸口をたぐって存在しない誰かが電流を流し、振動板をふるわせているのだとしたら……

電話はなおも鳴りつづけた。四回……五回……六回……七回……

呼び出しに応じたら、どんな声が返ってくるのだろう？　存在しない者の声。電流のせせらぎ。誰にも解読できないエンドレスのデジタル信号。それとも盗聴回路から漏洩《ろうえい》してくる密談のしたたりかな？

ついに根負け、もしくは好奇心負けしてしまう。指三本分ほど離した受話器から、フィルターのかかった扁平《へんぺい》な声。

「いま、よろしいですか？」

聞き覚えはないが、意外に澄んだ素直な声。そう危険な相手でもなさそうだ。

「どなた？」

「ぼくら、赤の他人ってわけじゃないんです」

「どういう意味？」

「時間が時間だし、手みじかに言わせてもらいます。ぼくら、じつを言うと腹違いの兄弟なんだ。だから、先生のこと、兄さんと呼ばせてもらってもいいでしょう？」

先生か……保根の職業について一応の知識は持っているらしい。

「悪いけど、誰にかけているの？」

「保根先生のお宅でしょう？　助けてほしいんです」

「助けるって、何を？」

「追われているんだ」

「誰から？」

「親父ですよ、決まっているでしょう」

トラックが通過した。床の震動からすると、大型のトレーラーかもしれない。奇妙なことに、受話器の中からもディーゼルエンジンの嗄れ声がだぶって聞こえてくる。電話の主は、どこかすぐ近くに潜んでいるのだろうか。

「親父って、誰の？」

「だから言ったでしょう、ぼくら、腹違いの兄弟だって。あいつ、ぼくを見せ物にして稼ぐつもりなんだ」

「君、いくつ？」

「二十二……」

「おあいにくさまだったな、二十二歳じゃ、兄弟なんてことはありえないよ。だってぼくの親父が死んだのは二十五年も前のことだぜ、腹違いだろうと何だろうと、二十二歳の弟なんているわけがないんだ」

「知らないんですか、親父が棺桶《かんおけ》くぐりの常習犯だってこと……」

「何くぐり？」

「なるほど、高校の先生らしいや。棺桶くぐりも知らないなんて、正真正銘の堅気なんだね。棺桶くぐりってのは、いったん死んだことにして、追っ手の追跡をかわす詐欺《さぎ》の手口ですよ。たとえば職業的詐欺師の場合、借金を踏み倒すほうが玄人《くろうと》なら、取り立てるほうも負けず劣らずの玄人にきまっているでしょう。真剣に逃げ切ろうと思えば、死んであの世に逃げ込むしかないじゃないですか。だから親父のやつ、常日頃から、かならず一人は葬儀屋と昵懇《じっこん》にねがっておいて……」

「よせよ、変な喋りかた、二十二歳らしくもない」

「どんなふうに？」

「爺《じじ》むさいというか……」

「環境のせいでしょう」

「違うね、絶対に違うよ」力みすぎて、声が裏返ってしまった。「ぼくの親父とは完全な別人だよ。死んだおふくろの口癖、死ぬほど退屈な堅物だったって……」

「それくらい、とうに調査ずみです」自称『弟』は取り入るように、むしろ声を落して、「当時は……二十五年前になるのかな……特許事務所の弁理士だったんでしょう？　信用第一の職種ですよね。でも、その気になれば、けっこう甘い汁も吸えるんじゃないかな。面倒で、とても素人《しろうと》の手にはおえない手続きの代行らしいし……」

「でも、おかしいよ、棺桶くぐりが親父の正体だったんだろ。それが君の親になったとたん心を入れ替えて、二十五年も腰を据えつづけたのかい？　ぼくのほうのお袋が、まるっきり駄目な女だったと言わんばかりじゃないか」

「誤解だよ。ぼくだって二歳と四箇月で、お袋ともども放りだされてしまったんだ。痛い目にあわされた点では、どっこいどっこいさ。あいつが生きのびているだなんて思いもしなかったな。それが二十年ぶりに、ひょっこり姿をあらわして……」

「それじゃ、義理の母親や兄弟が、ほかにもまだどっさりいるみたいだな」

保根は受話器を持ちかえ、掌の汗をぬぐい、そのまま後じさって、ベッドの端に腰をおろした。黄色から赤に変わりかけた膀胱《ぼうこう》の圧迫感を、ほかの動作で紛らす必要があったのだ。窓ガラスに映った自分のブリーフ姿から、つい目をそらす。蛙《かえる》の干物を思わせる醜悪な体型。

「そうなんだよ。信じられないだろうけど、そのとおりなんだ。愕然《がくぜん》とするじゃないか、あいつがいま同棲《どうせい》中の女なんか、兄さんより二つも年下だってさ。よほど口説き方がうまいのかな？　他にも元女房が二人と、義理の妹が一人に弟が二人……」

「そろそろ結論にしようや」

「ぼくの職業を知ったら、仰天すると思うけど……」

「勿体《もったい》ぶるなって」

「スプーン曲げ……」

「なんだって？」

「スプーン曲げだよ……手を使わずに、念力だけで……見たことあるでしょう、テレビなんかでもよくやっているから……」

「手品師か」

「ぼくはそのつもりだけど、でも親父のやつは、もっと深刻な受け止めかたをしているらしいんだ。あいつ、ぼくのこと、本物の超能力者だって言い張るんですよ」

「そろそろ四時だ、明日にさしつかえるよ」

「作戦を間違えたのかな……」ためらいを感じさせる短い間。「ショックを和らげるためのクッションのつもりで、とりあえず電話にしたけど……もっと単刀直入に、もろに兄さんの目に触れるように行動すべきだったのかな……」

「超能力なんて趣味じゃない。電話、切らせてもらうからね」

「どうしたんです？」

「なにが？」

「小便をこらえているのなら、体に毒ですよ。ぼく、待っていますから」

ちくしょう、覗《のぞ》かれていたらしい。覗かれていると思ったとたん、窓ガラスにうつるブリーフ姿をあらためて意識させられた。保根はしばらく前から、ベッドに掛けた姿勢のまま、ブリーフの上から陰茎を揉《も》みほぐしていたのである。断るまでもなく猥褻《わいせつ》な意図はまったくなかった。小便を我慢していただけである。男なら経験的にすぐ理解できることだが、陰茎の摩擦は排尿の時間延長にかなり有効な手段なのだ。勃起《ぼっき》にまではいたらなくても、刺激によって尿管から精管に転轍機《てんてつき》の切り替えがおこなわれ、膀胱の内圧に拮抗《きっこう》できるようになる。

それにしても不意打ちだった。道路をへだてた向かい側に民家などなかったはずだ。道路をへだてた向かい側のブロック全体が発酵化学研究所の試験農園で、目隠し用の高い塀に囲まれている。記憶のどこを探りまわっても、窓に類したものなど思いだせない。かりに温室のメーター類を監視するための不寝番がいたとしても、外から覗けない以上、内側からだって覗けっこないはずだ。他人の目を気にせずにすむという付加価値が、保根にこのアパートを選ばせた理由の一つでもあったのである。

しかし気休めはよそう。小便を我慢しているのだろうという弟の指摘は、当てずっぽにしては正確すぎる。現在進行形で見張っていないかぎり、そんな細部の観察までは出来っこない。屈辱に息が詰まった。（すぐにも明かりを消して遁走《とんそう》しろ！）スイッチをＯＦＦにした。急な姿勢の変化で膀胱が圧迫されたのか、股間《こかん》に生温い感覚がひろがった。いったん溢《あふ》れはじめると、中断は困難だ。ティッシュペーパーをあてがったくらいでは間に合わない。

セピア色の背景に貼《は》った、藁半紙《わらばんし》色の切り抜きみたいな裸が消えた。せめてボクサー・ショーツにしておけばよかったのに！　小学生の頃は保根もショーツ派だったっけ。何時頃からかブリーフ派に転向した。明確な理由はない。なんとなく成人男子にはブリーフが似合うような気がしたからだ。しかし最近の女性の趣味はすっかり変わってしまったらしい。しばらく前、偶然チャンネルを合わせた視聴者参加番組で、好ましいイメージの男性の下着として女子大生の九割以上がショーツに軍配をあげていた。理由はブリーフは赤ん坊のオムツを連想させるというのである。言われてみればそんな気もしたし、風通しもいいので衛生的だと思い、さっそくデパートで青と白の縞柄のやつを三着買い込んできた。ところが習慣と言うやつは恐ろしいもので、洗濯のたびにショーツは奥へ奥へと押し込まれ、けっきょく穿《は》き慣れたブリーフに戻ってしまうのだ。

いまさら手遅れであることは重々承知のうえで、二つ折りにしたタオルケットを腰に巻きつけ、覗き屋の影を捜して闇《やみ》に視線を走らせる。日頃見落としていた窓はもちろん、新設された電話ボックスの気配もない。ラッカー仕上げの漆黒に重ねて、割れたガラス瓶の断面みたいに月光を含んで光る、銀杏《いちょう》並木、ブロック塀、採光のための片流れの屋根をつなぎ合わせた試験農園の輪郭……しかしもう限界だった、いまは排尿の衝動がすべてに優先する。受話器のなかの虻《あぶ》みたいな音を黙殺して、電話を切った。

3 天使の懇願

我慢しすぎたせいか、小便の出が悪く時間がかかった。さっそく廊下づたいに、電話のブザーの音が追いかけてくる。まるで事件じゃないか。事件と係わり合ったりするのは、物語の登場人物だけだと思っていた。時間経過につれて予想外の体験を重ね、読者（もしくは観客）を楽しませるのが登場人物の役割だ。あらかじめカレンダーに印刷済みの曜日みたいな、単調で分かりきった保根の暮しぶりにはおおよそ似つかわしくない。

さっさと耳栓でもつけて、寝てしまおうか。こんな訳のわからない電話なんかに付き合っていたら、寝そびれてしまう。いったん寝そびれると、あとが厄介だ。不眠症が保根の悩みの種なのである。

とりあえず湿ったブリーフを洗濯籠《かご》にほうり込んだ。糞《くそ》ったれ、ブリーフを穿いてどこが悪い。女子大生の意見なんかで動揺するほうがおかしいのだ。考慮するなら、むしろアメリカの推理小説の中の会話の一節……『あのモヤシ野郎、スケに会いに出掛けるのに野暮なボクサー・ショーツなんか穿きやがって』……そうさ、まともな男はやはりブリーフにきまっている……現に、いつだったか、写真雑誌を飾っていた刺激度百パーセントの男性ヌード——撮影者が女流カメラマンだったから、女性の内心の願望とみなしても差し支えあるまい——縫いめが目立つ、純白のブリーフ姿だった。そりゃブリーフのほうが陰茎のシルエットだって浮き立つからな。まあ、いかにも女子大生らしい偽善的ポーズだと考えれば……いや、偽悪的ポーズかもしれないぞ……《赤ん坊のオムツ》……けっこう露骨な成熟度の誇示とみなせないこともない……

もっとも週刊誌の記事を信じるなら、あの連中は日当目当てに応募した偽《にせ》の女子大生らしい。それにしてもテレビ局が、偽者を承知で網にかけ、女子大生のラベルを貼ってまで売りに出そうとする狙《ねら》いはどこにあるのだろう？　その胡散臭《うさんくさ》さに、雄の発情をうながすフェロモン効果があるせいかな？　女子大生……保根は恥入りながら、ピンク色に充血した粘膜的なイメージを思い浮かべてしまう……

あきらめ悪く鳴りつづけている電話。

部屋の入口で立ちすくんだ。何処《どこ》からか覗かれている可能性がある以上、明かりを点《つ》けるわけにはいかない。せめて縺《もつ》れたカーテンの紐《ひも》を修繕しておけばよかった。腰に巻き付けた紺のタオルケットで、さしあたり股間のガードに不安はないが、明かりを点けなければ箪笥《たんす》のなかのブリーフとトランクスの識別だってできないのだ。しかし馴染《なじ》んだ闇の中なので、ベッドを回り込むのにつまずいたりする心配はない。サイドボードの角、左手前のあたりを探りまわす……ペーパークリップ……眼鏡の洗浄液……ボールペン……やっと乾燥しかけたマシュマロの感触に辿《たど》り着く。愛用の耳栓だ。しばらく前、広告につられて買ったフランス製のプラスチック製品だが、外見のいかがわしさ(保根の印象では発情したピンクの乳首)に反して、実用性は馬鹿《ばか》にならない。これがフランス式合理性というやつかな? よほど心証がよかったらしく、保根のフランス贔屓《びいき》を目覚めさせ、たまたま購入を検討中だった車の候補に、とつぜんシトロエン2CVが追加されたほどである。

持ち前の几帳面《きちょうめん》さで、さっそく2CVの資料をとりそろえた。カタログやパンフレットの類はもちろん、各種自動車雑誌のバックナンバーを一年前まで遡《さかのぼ》って調べ、関連記事が出ている号をすべて注文した。しかし資料の解読で片付く問題ではなかった。この追加以前にほぼ内定しかけていたのが、最新技術の粋を集めたホンダの4WS(四輪操舵《そうだ》)車だったから、比較しようにも基準が違いすぎるのだ。4WSはスピードに対応させて回転半径を変えるという画期的なもので、低速での操舵、とくに狭い場所での駐車などに抜群の威力を発揮するらしい。他方2CVは、エンジンも足まわりも生きている化石としか言いようがない。にもかかわらず2CVには何かがある。中毒性の魔力じみたものがある。バックナンバーの一冊に出ていたかなり適切な批評。《見ては極楽、乗っては地獄》……

スポンジ状の耳栓を指先で縒《よ》って、手打ちウドンくらいの太さにする。思いきって耳の奥深く挿入し、待つこと五、六秒、みるみる体温で膨張しはじめ、耳孔粘膜に密着した。世界が遠退く。水に潜った感じ。

汗で湿った部分を避けて、ベッドに横になる。根気よく鳴りつづけている電話。しかし竈《かまど》の下で死に損なった晩秋のコオロギよりも弱々しい。ふと電話の音が途切れ、それっきり聞こえなくなった。諦《あきら》めてくれたのかな? つい確認のために上半身をおこし、耳栓を浮かせてしまう。駄目だ、いぜんとして鳴りつづけている、そう簡単に諦めてくれる相手ではなさそうだ。耳栓だけでは逃げ切れそうにない。その上からヘッドホーンを重ねて、防御を二重にしてみよう。カセットデッキのスイッチを入れれば、聞こえてくるのはバッハのブランデンブルグ協奏曲。C面――《No5 in D Major》医者の処方なしで買える安全確実な睡眠薬である。もっとも保根がこの曲を催眠用音楽に選んだいきさつには、ちょっとした誤解と勘違いがあったのだ。彼が情報を得たのは『現代心理学講座』のなかの音楽療法の項目からだが、そこに記載されていた処方は、実はゴールドベルグ変奏曲だったのである。たしかにゴールドベルグ変奏曲の催眠作用は、専門家のあいだでも定説になっている。強度の不眠症に悩むカイザーリンク伯爵《はくしゃく》の注文で、最初から催眠誘導を目的に作曲されたものらしい。あいにく学校の図書館でこの本を立ち読みした保根は、メモをする手間を惜しんだばかりに、ゴールドベルグとブランデンブルグを取り違えてしまったのだ。重ねてレコード店でも、ちょっとした失策を重ねてしまった。二ケース一組みで全曲収録という経済性にひかれ、ついシンセサイザーによる作品を選んでしまったのだ。演奏者はウェンディ・カルロス。聞いたこともない。ケースの解説によれば、モーグというアメリカの電子楽器の創始者で、一時は映画音楽などで鳴らしたこともあるという。十年ほどまえ突然行方不明になった。ふたたび姿を現したときには性転換して、すごい美女になっていたそうだ。このテープは彼が彼女に転換してから制作されたものである。

シンセサイザーで演奏されたバッハは、ひけらかすほどの音楽教養を持たない保根にさえ、かなり異様に感じられた。まったく小皺がない顔みたいに、ぬめっとしていて、薄気味が悪い。材料になる音源が、すべてオシレーターからの発信音であるため、どう加工しても独特な透明感が残ってしまうのだ。クラリネット、フリュート、オーボエ、ヴァイオリン、ヴィオラ、チェンバロ……あらゆる既成の楽器そっくりの複製はもちろん、存在しえない楽器の音、風や波や風邪をひいた雄鳥の叫び、ドラムの悲鳴、ガラスの薄片が奏《かな》でるメロディ。そうした音色の自由さにひき較《くら》べ、単純な二次方程式で表記できる、立ち上がりや減衰カーブ。構築精度は抜群なのだが、不純物がなさすぎるのだ。

しかし保根に必要なのは音楽よりも催眠効果だった。選択の経過は適切でなかったかもしれないが、結果が良ければそれでいいわけだ。予想以上の好成績だった。ほとんど聞き終えるまえにさっさと眠りに落ちてしまう。寝つきが悪く、カセットを裏返さなければならなかったことは、まだ数回しかない。ウェンディ・カルロスの演奏には、バッハの催眠成分を濃縮する作用があるのだろうか。それに性転換してからの録音という点も気に入った。彼自身にそんな願望が内在している気配はないが、変人奇人にたいする寛大さは、なにも保根だけに限ったことではないはずだ。目を閉じる。耳栓越しに織り柄がきわだつ協奏曲。モーグは単音楽器なので、演奏者が自分ですべての繊維をさばき、ダビングで織り上げなければならないのだ。指揮者兼任である。その手順をなぞっていると、やがて入眠のサインが訪れる。墜落の誘惑？　百メートルの鉄塔の上で作業中の鳶職《とび》が、とつぜん高所恐怖症に襲われたショック。

不思議なもので、聞き慣れるにしたがって馴染んできた。馴染むにつれて好きになってきた。いまでは普通の演奏と聞きくらべても、むしろカルロス演奏のほうがぴったりくるくらいだ。保根という《骨》を連想させる珍奇な名前とも、よく似合っているような気さえする。

［数か月後の新聞からの切り抜き］（1990年3月7日水曜日）

月の満ち欠けで性転換

月の満ち欠けをきっかけに性転換するナマコがいることを、鹿児島大学の窪田友幸教授らが見つけた。

体長十五<ruby>チセンぐらい、相模湾以南の岩の下に生息するムラサキクルマナマコ。このナマコの生殖期間は、七月上旬から九月下旬で、期間中は、新月と満月の前々日と前日の二日間に、一斉に精子か卵を放出する。新月と満月は、ほぼ二週間おきに現れるから、生殖のチャンスは六回ぐらいある。

個体レベルでみると、大部分のものは、雄から始まって、一度だけ雌を経験することが分かった。雌として産卵したあとは、また雄に戻るが、精子を放出する能力はだんだん衰える。性転換の理由は、産卵に必要な大きなエネルギーを、各個体が分担するためと考えられるが、本当のところはよく分かっていない。

シンセサイザーが織りなす硬質な弦もどき、管もどきの鋭いハーモニーが、静寂の澱粉膜《でんぷんまく》にくるまれ、泥炭《でいたん》の原野に踏み込んだ感触。眉間《みけん》に焦点をあて、寄り目になって待ちうける。ゆらぎの感覚……いよいよ入眠のサインかな？……違った、電話の音は完全に遮断されているのだが、なにか別の気配、執念の気配のようなもの……

いったん気になりだすと、黙殺は困難だ。ついヘッドホンをずらせて、聞き耳を立ててしまう。電気掃除機の中で腹をたてている胡蜂《すずめばち》のうなり。闇に走らせた視線の端で二十日鼠《はつかねずみ》みたいに震えている、ほの白い受話器。駄目だ、この調子で結局は、朝まで確認を繰り返すだけのことだろう。

日頃から胃酸過多が保根の泣き所だった。

ただ逃げまわっているだけでは事態の悪化をまねくだけのことだ。デッキのスイッチを切り、耳栓を抜いて、受話器をとった。

「聞いてくださいよ」間髪を入れず、自称『弟』の呼び掛け。懐かしさを感じさせる柔和な、悪く解釈すれば媚《こび》をふくんだ、甘みのある声。「そりゃ猜疑心《さいぎしん》も大事だろうけど、たまには信頼だって必要じゃないかな？」

「何処から覗いているんだ」

「言いますよ、べつに隠し立てしているわけじゃない。ただ、守ってほしい条件……あくまでも平静にして……いいですか、叫んだり、一一〇番に電話したり、そういうのは困るんだな」

「勿体ぶるなよ」

「明かり、点けないんですか？」

「覗きは御免だよ」

「じゃ、窓際《ぎわ》に立ってください……なるべく右寄り……電話のコードいっぱいに……その位置から三〇度ばかり左方向……なにが見えます？」

「屋根さ、発酵研究所の……」

「電柱は？」

「見えているよ」

「そのまま視線をあげて……電線のあたりまで」

保根は叫ばなかった。呼吸量を三分の一に抑制した。

澄んだ月光を背にして、若い男が飛んでいる。翼がないから、幻覚ではなさそうだ。着古した縦縞のパジャマを風にはためかせ、水平飛行の姿勢である。

「飛んでいるの？」

飛ぶ男が右手の携帯電話を頭上に掲げ、左右に振ってみせた。月明かりのせいだろう、蛍光塗料で隈取《くまど》りされているみたいだ。

「でも、信じられますか？」

「飛んでいるように見えるよ」

「よかった、すごく冷静ですね」

本当はいまにも腸が抜け落ちそうな感じ。ことさら騒ぎ立てなかったのは、むしろ驚愕の針がレッドゾーンを超えてしまったせいだろう。強く両脚を交差させ、肛門を絞り込んで耐えた。

「夢でしか、飛んだことがないから……」

「ぼくだってそうさ、自分でもまだ信じられないんだ」

含み笑い。同意の笑いか嘲笑《ちょうしょう》か、きついフィルターのせいで判断しかねた。自称『弟』はそのまま電柱を超え、氷雨通りに沿ってさらにゆっくり飛びつづける。時速一、二キロと言ったところだろうか。その飛翔《ひしょう》ぶりは滑らかすぎて、かえって古風な合成ＳＦ映画を思わせる。

「信じられないよ、空気中で浮力を得るためには、もっとスピードが必要なんじゃないかな？」

何か返事があったようだが、よく聞き取れなかった。ふたたび大型トラックが空の荷台をはずませながら、急接近してきたのだ。生のエンジン音と、受話器からの震動音が共鳴して、ワサビが鼻から鼓膜へ突き抜けていった感じ。『弟』も警戒したのか、片手で電線をつかんで静止した。大丈夫かな？　そう言えば雀《すずめ》や鴉《からす》が感電死したという話は聞いたことがない。でも凧揚《たこあ》げの危険については、電力会社もテレビコマーシャルでしばしば警告を繰り返している。アースの有無が問題なのだろう。

トラックは『弟』を無視して走り去った。

「気付かなかったみたいだ。まさか、運転手には見えなかった、なんて事はないんだろうね……ぼくだけにしか見えていない、幻覚だとか……」

「気休めはよそうよ」自称『弟』は忍び笑いをもらす。さも気心が知れた仲と言った感じの、消化によさそうな笑い。電線にからませていた手をうしろに引いて、ふたたびふわりと遊泳を開始する。「ぼくが兄さんの夢を見ているのか、兄さんがぼくの夢を見ているのか……平行線は交わらないっていう公理があるけど、証明は不可能なんだってね。ごく素朴に、運転席の問題じゃないかな。目線が高いのさ。それに法規上、ライトが下向きに規制されているし……深夜の長距離便は、どうしても視野狭窄《きょうさく》になりがちだし……」

「まさか、催眠術をかけているんじゃないだろうね？」

「こんな情況じゃ無理ですよ」

「こんなって？」

「催眠術というのは、暗示による夢遊旅行ですからね、やはりそれなりの旅支度をしてもらわないと……」

『弟』はゆったりと飛び続け、膝《ひざ》から下を残して視野から切れる寸前、身をくねらせて方向転換する。発酵研の鋸屋根《のこぎりやね》の東端（たぶん事務室）のテレビ・アンテナに腕をからませ、停止した。四〇度ほどななめに傾き、ぼってり雨を吸った高速道路の吹き流しにそっくりだ。

「トリックにきまっているさ」保根は自分の発声がコントロールを失いかけていることに気付いて、唾《つば》を飲み込む。

「自分ではっきり手品師だって言ったじゃないか。そうなんだろ？　見たことあるよ、テレビの奇術なんかでも、空中浮遊術というのか、遊泳術というのか、かならず演目にはいっているし……」

「あんなのとは違う。舞台でやる空中浮遊には、ちゃんと仕掛があるんだ。ホリゾント一杯の、黒いベッチンのカーテンで仕掛を隠すんだよ。でも、ここは舞台じゃない。筒抜けの夜空に、満月だろ。仕掛なんて出来っこないじゃないか」

「でも、飛んでいるように見えるぞ」

「飛んでいるのさ」

「なぜ飛べるんだ？」

「分からない……本当に分からないんだ」

「率直に腹を割っていこうじゃないか。時間が時間だし、駆け引きなんかしている場合じゃない。トリックの種明かしは、さておいて、いったい何が狙いなんだ？ まさか蝦蟇《がま》の油売りじゃないんだろ？ そうか、分かったぞ、自衛隊か消防のレインジャー部隊の出身なんだろう、ロープ一本で、谷渡りだってやってのけられるわけだ。でも相手が悪かったよ。ぼくはあいにく、枯れススキに腰を抜かすほど無邪気じゃないんでね」

「そんなに喧嘩《けんか》腰《ごし》にならなくてもいいだろ。ちょっぴり窓を開けて、中に入れてくださいよ。手で触ってしらべてみればいいんだ。もし、種も仕掛もなかったら……ぼくだって自分のことを天使だなんて思っているわけじゃない。でも親父の馬鹿、ぼくのことを神様って呼ぶんだ。たまらないよ」

「悪いけど、出なおしてもらえないかな、こういう話は白昼太陽光線のもとですべきだと思うね」

「白昼、飛べっていうの？」

「飛べないのかい？」

「親父の珍獣大捕獲作戦が始まっているんですよ。ぼくが知っているだけで、追っ手は三人、そのなかの一人はプロの私立探偵らしいんだ。だのに蝦蟇の油だなんて、冷たすぎるよ、ぼくは兄さんに助けを求めているんじゃないか。中に入れてくれたっていいでしょう？」

「そんな気にはなれない」

「なぜ？」

「信じられっこないじゃないか」

「頑固なんだな。じゃ、せめて名刺を受け取ってくださいよ」

「名刺？」

「《スプーン曲げの少年》、出張出前、相談に応じます、マリ・ジャンプ」

「少年？」

「滑稽《こっけい》ですよね、この年になって、いまさら少年だなんて……」

『弟』はとつぜん敏捷《びんしょう》な動きをみせた。海老《えび》なりに腰を折り、アンテナにからめていた腕をはずすと、くるりと逆転する。ラッコなみの身軽さだ。空中遡行《そこう》を開始した。迂回《うかい》しながら通りを横切り、保根の部屋に接近するつもりらしい。どうせ電線沿いにしか移動出来ないのだろうと、たかをくっていただけに、いきなり梯子《はしご》を一段はずされた感じ。驚嘆に羨望《せんぼう》の念がまじってしまう。出来たら父親に先んじて秘密を盗んでやりたいとさえ思った。

待てよ、何か様子がおかしい。飛ぶ男の携帯電話が手から滑り落ち、カメラの吊《つ》り紐らしいものでくびからぶらさがって大きく揺れた。身を震わせ、何か叫んだようでもあるが、保根の耳にはとどかない。そのまま失速し、回転しながら風下に漂いはじめた。右手で左の肩を押さえ、続けて胸に手をやる。表情ははっきりしないが、強く顎《あご》を引き、上体をよじって痛みに耐えているようでもある。手を当てがった肩の辺から、パジャマ越しに黒い染《し》みがひろがりはじめた。血だろうか？

「どうした？　大丈夫かい？」保根はかまわず大声で呼びかけ、拳《こぶし》の腹で窓ガラスを叩《たた》きつづけた。「手を伸ばせば届くだろ、受話器をとって、返事をしろったら……」

しかし相手は左胸にあてた手に力をこめ、ボウフラのように背を丸めたっきり、なんの反応も示さない。乱気流に乗ったのか、蛇行しながら風下に流されはじめる。あと数十秒で視界から切れてしまいそうだ。

保根は思い切りよく、窓を開けた。部屋の明かりのスイッチを点滅させて合図を送る。

『弟』が唐突に反応した。身をひるがえすなり、開けた窓めがけて一直線に滑り込んできた。

4　狙撃者の愛の目覚め

空気銃を腰だめに構え、その二十九歳の女性は、いきなり御伽話《おとぎばなし》のなかに墜落していった。銃は二連発で、引き金を二度ひいた。二発とも命中の手ごたえがあり、そのたびに飛ぶ男が反応した。釣り堀のなかの飢えた虹鱒《にじます》みたいに反応した。乳房の間から汗っぽいガスの臭気が湧《わ》き立った。なぜか良心の呵責《かしゃく》めいたものはほとんど感じられない。当然だろう、市の醸造業者が金を出しあって運営している『発酵化学研究所』の研究員を、五年以上も勤め上げ、その間二度の失恋と離婚歴を体験して、彼女の男嫌いはすっかり年季の入ったものになっていた。いまや周辺に出没する異性は、独身女性を狙う暴行魔の気配と影だけである。そして寝床の友は、護身用の空気銃というわけだ。

もっとも彼女が飛ぶ男を、いきなり暴行魔ときめつけたわけではない。だいたい暴行魔がいざよいの月を背にして、空を飛んだりするだろうか？　似合わなすぎる。かと言って絶対に飛ばないという保証があるわけでもない。飛天の業を、かるがるしく天女や天人だけの特許とみなすのは、下手すると逆差別になりかねない。魔女や天狗《てんぐ》のたぐいだって空中遊泳がトレードマークである。

それに今しがた飛来した青年は、全身に月の粉を纏《まと》い、銀色に透きとおってみえた。おまけにパジャマ姿だ。あのパジャマの下は、滑らかでほっそりした素裸にちがいない。五感に染み入る戦慄《せんりつ》的な情緒。年がいもなく彼女は感傷にうずいていた。慕情に喉《のど》をつまらせていた。空気銃による狙撃だって、追い払おうとか、傷つけようとかいうつもりはまったくなかった。空を飛べるほどの特別な人間が、空気銃の弾くらいで傷ついたりするわけがないじゃないか。ただせっかくの獲物を取り逃がしたくなかっただけである。彼女は恋を射止めたのだ。愛の狩人……その言葉に思いいたった瞬間、登場人物になって物語のなかに彷徨《さまよ》い出ていくことになる。

とっさに狙撃者が想《おも》い描いた筋書は、おおよそ次のような、身勝手で荒っぽいものだった。不意をつかれた飛ぶ男は、驚愕のあまり失速する。失速しながらふわりと『発酵研』の塀に着地する。身をすくめ、四方八方に警戒の目をくばる。飛ぶ男の飛翔目的が、ただの無邪気な夜の散策だったのか、それとも何か企《たくら》みがあったのか、そのへんのことは不問に付すとして、とにかく手を差しのべるのだ。ありったけの誠意をこめて、介抱に努めるのだ。早々に合図を送り、ここに避難所があることを知らせてやるべきかな？　懐中電燈は何処だったっけ？　しかしあまりタイミングがよすぎると、避難所がじつは狙撃犯の隠れ家であることを見破られかねない。いっそ部屋の明かりを点けてしまおうか。若さを売り物にする気はないが、さほど体型が崩れているわけではない二十代後半の、半裸にちかい……なんならブラジャーも取ってしまおうかな？……それでも効果がなければ、構うものか、まさか人間だとは思わなかったと答えればいい。なんに見えたの？　ＵＦＯ。イルカの形をした、宇宙人の偵察機械。洒落《しゃれ》た返事。笑って私を抱きしめてくれるはずだ。ポキポキ骨が音をたてる。ここで現実に「保根」という隣人がいたことを思いだし、骨の連想は訂正することにした。かわりにパジャマを脱がせる場面を嵌《は》め込むことにする。「アルコールで消毒して、毛抜きで弾を摘出してあげる。鉛中毒になると困るでしょ」(戦争映画か、アメリカの西部劇の一場面みたいだな)パジャマにはきっと小さな血痕《けっこん》がついているだろう、洗濯すれば、すくなくも朝までは引き止めておく口実になる。朝食はチーズトーストとコーヒーでいいかな。それにカリフラワーとトマトのサラダ。まさか月夜の飛行の後で海苔《のり》茶漬なんて似合わないよ。あえて理想にこだわれば、『馬刺し』にパイナップル・サラダといきたいところだが……

しかし飛ぶ男が実際にとった行動は、かなり予測と違っていた。『発酵研』のテレビ・アンテナにからませた腕をほどいて、宙に漂い出たところまではよかったのだが、つづく動作にはすっかり意表をつかれてしまう。失速もしなければ、墜落もせず、やにわに道路を横切り加速しながらこちらに突進してきたのである。なにぶん満月を背にした逆光線だから、確信はもてなかったが、苦痛にひきつったような表情がみとめられた。あわてて窓を閉めた。まさかガラスを突き破ってまで乱入することはありえまい。あんなふうに空中に漂えるということは、それだけ体重も軽い証拠である。紙飛行機みたいに撥《は》ね返ってしまうにちがいない。

さらに意表をつかれる事態がおきた。飛ぶ男が途中で旋回角度に微妙な修正を加えたのである。あるいは最初から彼女の目測に狂いがあったのか？　窓際に顔をよせ、ガラスに頬をすりつけて、男の行方を追い求めた。あいにくガラスの収差で正確には見通せない。それにしても不可解な消えかただった。玄関の踊り場をへだてた隣、『保根治』と表札がわりに名刺を貼った並びの住居……そこで吸い込まれるように消滅してしまったのである。減速もせず、撥ね返りもせず、静かに姿を消してしまったのである。

考えてみると、飛ぶ男が突進を開始した直前、隣の明かりが点滅し、叫び声が聞こえたような気もする。まんまと横取りされたのだろうか？　飛ぶ男が勘違いしたのかもしれない。耳を澄ませた。べつに騒ぎが始まった様子もない。とにかく不当だと思う。飛ぶ男を捕獲したのは自分であり、すくなくも逃走能力をはばんだのは自分であり、保護する権利を主張する資格はあるはずだ。

空気銃の安全装置をかけ、模造皮のケースにくるんで、化粧台の裏に戻した。ついでに鏡の上の照明をつけ、しっかりと口紅の輪郭をととのえる。めったに使ったことのない朱色の紅だ。

喪失感をまぎらわすには、ふさわしい色に思えたのだ。

いきなり違った思考回路に、切り換えられる。もしかすると、飛んでいた男が隣に緊急避難したわけではなく、もともと保根という名の隣人が、飛行していた当の人物だったのかもしれないのだ。可能性は否定できない。もう一度ケースのファスナーを開け、慎重に空気銃を取り出した。

5　スプーン曲げ実演

「ちくしょう、やられたよ」

パジャマの裾《すそ》をはためかせ、『弟』が一直線に突っ込んできた。半ば針路をふさぐ位置にいた保根は、あわてて横飛びをして、壁の写真を額縁ごと押しつぶしてしまう。額といっても、ガラスがわりにプラスチックを使ったアルミ枠で、惜しくもなければ怪我《けが》の心配もない。中の写真も『網タイツ』と題された下着メーカーの広告で、とくに損傷を案ずるほどのものではなかった。ただ、アンリ・ルソーふうの風景に織り上げた豪華な黒レース越しの、尻《しり》から太股《ふともも》にかけての膚《はだ》の白さには凄《すご》みがあり、つい二年越しに同じ場所を占領させてしまった。額が床に落ちると、跡が残った。写真そのものよりも、むしろその灰色の痕跡のほうから自分の体臭が立ちのぼっているようで、われながら疚《やま》しさを感じてしまう。

突入の速度からすると——惰性のついた自転車なみだったから、時速三十キロといったところかな——当然ベッドを飛び越えるか、運がよければその上に倒れ込むことになるだろうと予測したのだが、案に相違して急停止した。静かで突発的な制動力だった。首から吊った携帯電話が慣性で跳ねあがり、柔らかくも固くもない中途半端な音をたてた。電話器は耐衝撃構造になっていたっけ？

それ以上に混乱させられたのは、急停止した『弟』が着地を忘れたみたいに数秒間、やや腰を落とした前傾姿勢でじっと宙に浮かんだままになっていたことだ。理髪店の椅子《いす》に掛けたまま、九十度前方に回転させた状態である。その姿勢のまま、肩越しに保根を振り向き、

「狙撃されたんだ、空気銃らしい」

「まずいじゃないか」

さりげなく答えてはみたものの、保根は内心すくんでいた。腸間膜がひんやりと冷えていく。すぐ手の届くところに、当然のように浮遊している人間。嗅覚《きゅうかく》、味覚、聴覚、視覚の全部がいっせいに降伏の白旗をかかげてしまう。妖怪《ようかい》に接した恐怖というよりは、教室のなかで反乱の予告に生徒たちが示す静寂の威圧感。不可能な物理現象に出会ったときの、畏怖《いふ》の感情。人間にそっくりだが、何処かちょっとだけ違う異星人が出現したら、きっとこんな気分になるにちがいない。相手が気分を害したら、どんなめに会わされるか、まるっきり予想がつかないのだ。

「なぜぼくに気付いたんだろう？　空気銃を構えて待ちうけているなんて、変だよ、こんな時間に……」

「犯人は確認できたの？」

「隣の窓から撃たれたような気がする」

「まさか、隣は独り住まいの女だよ」

「女だって、気の荒いやつはいるよ。とくに夜な夜なさかりのついた野良猫の徘徊《はいかい》に悩まされていたとか、痴漢出没の噂《うわさ》におびえていたとか……」

「君がここに避難したこと、見られてしまったかな？」

「可能性はあるさ……痛むな、だんだんひどくなってくる……とりあえず弾を抜きたい、胡椒《こしょう》の実を埋めたみたいに、ヒリヒリしみるんだ」

「そんな宙ぶらりんの姿勢で、平気なのかい？　ベッドに掛けて楽にしたら？」

「うっかりしてた、気味が悪いんだろ？　たしかに異常現象だからな。遠慮しないで、調べていいよ、覗《のぞ》くなり、ぐるなりして……ふつうの手品とちがって、この浮遊現象だけは、お題目だけじゃなく実際に種も仕掛もないんだよ。科学的にありえないことだし、ぼく自身、頭を抱えているんだ」

保根は床に落ちて捩《ね》じれた額を、素早く隅っこに蹴《け》り込んだ。しゃがみ込んで『弟』の臍《へそ》のあたりをのぞいてから、床についた手を支点に、ゆっくり時計方向に回ってみる。予期していたことだが、とくに疑惑をもたせるような仕掛は何処にもない。

「浮遊感と言うか、自分の姿勢について、自覚はあるの？」

「あるんじゃないか……着地すれば、接地点の感触がつかめるし……かなりの程度、意思で動きをコントロールできるし……やってみようか……」

軽く宙を滑って、ベッドの角に掌をつき、体操選手の鞍馬《あんば》をスローモーションで撮影したみたいな反転着地、もしくはスペース・シャトルの中での作業風景。ベッドの隅に腰をおろすと、尻の接地部分が輪郭にそって過不足のない窪《くぼ》みをつくり、すべてが常識的な物理法則の世界に戻ってくれた。

「空気銃にしちゃ、出血がひどいね」

「ピンセットと、消毒液があれば……」

「ピンセットは無理だよ。スイス製のアーミー・ナイフについている刺抜《とげぬ》き……小さすぎて、無理かな？」

保根は椅子の背にかけた上着のポケットから、すかさずウェンガーの万能ナイフをとりだした。小型ペンチから磁石までついた、最新式のやつだ。赤い柄の先端に、爪楊枝《つまようじ》と鋼鉄製の刺抜きがセットしてある。厚さが三センチ以上もあり、ずっしりと重い。

「こんなもの、持ち歩いているの？」

「おおげさすぎるね」

「いいんじゃないの、危険いっぱいの世間なんだから」ナイフを開いて爪《つめ》にあて、

「切れるよ、高級品だ、医者のメスとまではいかないけど……これに、消毒液があれば……」

「ウォッカじゃ駄目かい？　ふつう怪我のとき、軟膏《なんこう》しか使わないんだよ」

サイドテーブルの寝酒用ウォッカを、栓だけ抜いて瓶ごと差し出す。

「これ、ポーランド製だろ？　匂《にお》いはいいけど、度数が弱いんだな」

「剃刀《かみそり》負けなんかには、けっこう効くよ」

『弟』はパジャマの袖《そで》から腕を抜きながら、吊り紐を首からはずし、携帯電話をポケットにねじ込んだ。その一連の動作は優雅で滑らかで、さすが手品師を名乗るだ

けのことはあると思った。

傷は左肩と乳首のわきにあって、両方ともすでに血は止まりかけているが、肩のほうが深く、輪郭も不規則だ。

「空気銃の弾にしちゃ、傷口が崩れているな。爪で掻《か》き毟《むし》ったみたいだぞ」

「掻き毟ったのさ、弾の頭が浮いていたから」

『弟』は断りもなくサイドボードからティッシュペーパーを抜きとり、片手で器用にちいさく畳み、瓶の口にあてがってウォッカをしみこませた。傷口を叩いて、奥歯を噛《か》みしめる。つぎにウェンガーの刃をウォッカに浸《つ》けた紙で何度もぬぐう。いきなり右手に構えた細い棒状のライターから、音もなく長い炎が吹きだした。手品の小道具らしい。炎のなかに刃先をくぐらせた。まるめたティッシュにウォッカを追加し、今度は胸の傷を丹念に消毒する。見ているだけでも痛そうな場所だ。乳首すれすれに固りかけた血が、ケーキの中の干し葡萄《ぶどう》みたいに濡《ぬ》れている。

「大丈夫かな？」

「切りそこなったって、どうせ男には無用の長物さ」

かなり剛胆なところもあるようだ。それでも無漂白小麦粉をはたいたような肌いちめんに、ざわざわと起毛筋《きもうきん》の粒がたつ。枕元《まくらもと》の読書用ランプを掲げてやると、その光源で、鼻から唇にかけての起伏が際立った。明太子の薄皮を思わせる、華奢《きゃしゃ》で繊細な唇につい騙《だま》されてしまいがちだが、この横顔の輪郭にはけっこう攻撃的な鋭さがある。油断は禁物かもしれない。

手術は一瞬のうちに終わった。ウェンガーの刃が銃創に重ねられ、『弟』の手首が雀の方向転換なみの素早さで回転した。手慣らしのための予備運動かと思っていたら、すでに切開しおえたあとだった。ウォッカに浸したティッシュを、指の色が変わるほど力いっぱい傷口に押しつける。涙をうかべ、汗びっしょりになって、蒼《そう》白《はく》なまま微笑《ほほえ》んだ。

「ほら、この弾だよ」

まるめたティッシュを差し出す。鮮血の中央に、黒い鼠の糞《ふん》のようなもの。胸の傷跡から、ねばっこく糸をひいて血が流れた。保根には血のほうが気掛かりだったが、『弟』にはつまみ出した弾のほうが関心事らしかった。

「血が止まるまで、押さえておけよ」

「なにか保管しておく容器、ないかな？　ガラスの小瓶か、なにか……この弾、動かしがたい証拠物件だろ。あの気違い女も、へまをやったものさ、敵に物的証拠を握らせるなんて下の下だよ」

「標本整理用の、ビニールの小袋ならあるよ。口にチャックがついているやつ。ぼくは薬入れに重宝しているんだ、旅行のときなんか……」

保根は上着の内ポケットから、携帯用の制酸剤を入れた小袋をとりだし、中身を空けて口にほうりこむ。

「おあつらえむきじゃないか」『弟』は袋の中に、鉛の弾を落とし込み、「明日になったら、貸し金庫にでも預けようよ。それまでの隠し場所、どこにする？」

「冷蔵庫の卵の棚……」

「名案じゃないか」

「傷の痛みは？」

「刺と同じことだよ、抜いてしまえばそれっきり……」

「証拠物件は分かるけど、そう有り難がるほどの物とは思えないね」

「口止めにはなるさ、れっきとした傷害罪だからね。警察に通報しようったって、そうはいかない。テレビや週刊誌に売り込もうったって、リスクが大きすぎる。空気銃だって、指定の場所以外では使用禁止だからな。それはそうと兄さん、隣の電話番号、知っているかい？」

「無理だよ、名前もよくは知らないんだ」

「出来れば事前に警告しておきたいと思って」

「何を？」

「だから、ぼくを強請《ゆす》ろうとしても無駄だってこと……」

「どうやって強請るんだ、べつに強請られるようなこと、してないだろ？」

「そうかな？　なんの装置もつけずに、空を飛んだんだよ。幽霊や怪物の目撃者にも、大きく分けて二つのタイプがあるだろ？　自分が信じられなくて、沈黙を押しとおすタイプと、逆に大声で自慢してまわるタイプ。どっちにしても化け物あつかいに変わりはない。兄さんだって、ぼくに対する口のききかた、見る前と後ではすっかり変わってしまったじゃないか。けっきょくは片輪者に対する偏見さ」

「飛ぼうと思ったら、自由意思で、飛べるの？」

「答えにくいし、出来れば答えたくない」

「帰るときは、どうする？　タクシーを呼んだほうがいいのか、飛んで帰るのか？」

「卒直に言わせてもらいますけど、ぼくがここに逃げ込んできたのは、たまたま散歩の途中ってわけじゃない。兄さんの協力を当てにして、何か月もかけて練った計画なんだ。不意の狙撃という、筋書になかった即興劇のおかげで脱線しかけたけど……いや、悪いことばかりじゃなかった、おかげですんなり窓を開けてもらえたんだし……ただ、どうしても気になるんだな、あれが額面どおりの即興だったかどうか……」

「何が言いたいんだ？」

「親父……勘繰りすぎかもしれないけど、あいつならやりかねない、あらかじめぼくの立ち寄り先をマークしておいて、射撃クラブの女性会員に渡りをつけるとか……」

「まさか、お隣さんはぼくが越してくる前からの住人だよ」

「だったらいいけど」『弟』は新しいティッシュペーパーにウォッカを含ませ、しぼって傷口に当て、「親父にはぼくが、金の卵を産むニワトリに見えるらしい。でも、ぼくにそんな実用価値があると思う？　せいぜいが見せ物だろ？　もちろん一躍、話題の人物にはなれるかもしれない。しかし所詮《しょせん》は山師あつかいされるのが落ちなんじゃないか？　そして行き着く先は霊感治療師、信者が増えれば新興宗教の教祖様……」

「卒直に答えてくれよ、協力っていうけど、具体的に何をさせたいんだ？　親父と渡り合うためなら、ぼくと組んでも、期待外れだと思うよ。ご覧の通りの、筋無力症だし、君みたいな特殊技能があるわけじゃなし……」

『弟』はパジャマのポケットから一枚の名刺をとりだした。いかにも手品師らしく、指先ではじいて派手に鳴らした。

スプーン曲げの少年

マリ　ジャンプ

出張出前　相談に応じます

「滑稽でしょう、この年になって、いまさら少年もないもんだ。でも中学一年のころから自活のためにずっと舞台をふんでいたので、その惰性もあって……マネージャーなんかもスプーン曲げなら、少年にかぎるって言い張るし……それに、ぼく、男性ホルモンが不足しているのかな、年齢不詳みたいなところが抜けないんだ。ご覧のとおり、ひげも薄いままだし……台所、その廊下の奥ですか？」

「飲み物？ ビールでよければ……」

「いや、スプーン。カレーライス用の、ごく普通のやつ。お願いできますか？ 実演を見てもらおうと思って。ぼくが取りに行ってもいいんだけど、すり替えを疑われるのは嫌だから……」

保根は腰のタオルケットを締め直しながら、足早に廊下を渡り、風呂場の暖簾《のれん》をはねあげ、洗濯籠《かご》から汗ばんだままのバスローブをつかみ出す。蛙の干物のような保根の体型には、この濃い臙脂《えんじ》は派手すぎて似合わない。しかし選り好みを言っている場合ではなかった。ブリーフ一枚で小便を我慢する無様な姿を、じっくり観察された直後である。袋みたいに通りの悪い袖と戦いながら、台所に引き返した。ガス台の脇《わき》の、箸立《はした》てがわりにしているビヤホールの店名を刷り込んだ大ジョッキから、大匙《おおさじ》を一本ぬきとった。一見して安物とわかる艶《つや》のない合金製品。食器棚には柄に飾りがついたクローム仕上げの上等品もあるのだが、いきなりそんな肉厚なのを突き付けるのは、礼を失するようでためらわれたのだ。一種の自己検閲をふくんだ、遠慮深い尻込み……

『弟』は即座に見抜いてしまったようである。

「よく言えば、兄さん、よほど優しい人柄なんだろうね。これ、いちばん曲げ易《やす》い大量生産品だよ。頑丈そうなのは、さもぼくの失敗を謀《はか》っているようで、気がひけたわけだ。そうなんだろ？　いかにも日本人らしい協調精神だよね。でも意地悪く言えば、ただの臆病《おくびょう》かもしれない。相手を傷つければ、自分も傷つく、ここはなるべく角がたたないように穏便にすませたい。でもそういう事なかれ主義、あまり歓迎できないんだ。どうせ後で、いろいろとイチャモンをつけるための、逃げ道になるし……」

途中で口をさしはさむ余地がないほど、滑らかに、節をつけて一気にまくし立てる。手品の口上みたいに、調子がいいだけで、気持ちはほとんど伝わってこない。あんがい、口上そのものだったのだろうか？

「勘繰りすぎだよ」

「だったら、いいけど」

『弟』はスプーンの柄を二本の指ではさみ、頭と柄のあいだのくびれた部分に、強い視線をそそいだ。視線が焦点をむすぶあたりに、息を吐きかけ、空いているほうの人差し指で呪いをかける。指の腹とスプーンの間に、数ミリの隙間《すきま》があったから、たぶん呪いなのだ。ほとんど勿体《もったい》ぶらずに、くびれめが揺れはじめ、熱を加えた飴《あめ》みたいに曲がった。指ではじくと、頭だけがぽろりと落ちた。テレビのショウ番組などで、おなじみの場面なのだが、映像と実物とではさすがに迫力の差があった。

「それ、もちろん、種があるんだろ？」

「そういう問題は、時間をかけて、じっくり話しあうべきじゃないかな」『弟』はベッドからスプーンの頭をつまみあげ、手のひらの上で柄につなぎ、呆《あき》れるほど無害に目尻でほほ笑んだ。「種があると答えようと、ないと答えようと、兄さんどっちも信じられっこないだろう？」

「それもそうだ。他にも、レパートリー、いろいろとあるの？」

「東名高速のサービスエリアの食堂のメニューなみだよ。見たことある？　全国の食堂のトップらしいけど、最低あれくらいは揃《そろ》っているね。どこのサービスエリアだったっけ、ぼくのお気に入りはスキヤキ定食に、味噌汁《みそしる》さ、けっこういけるんだ」

「君のメニューに、テレパシーは入っているの？　透視能力っていうのか……」

「どう思う、兄さんは？」

笑顔が目尻から、さらに唇の両端にひろがっていく。開け放した窓のさわやかさ、色で言ったら薄荷飴《はっか》の淡い緑……保根の意識のどこかで、カチリとちいさな音がした。『弟』から鉤括弧《かぎかっこ》がはずれ、ただの弟に変わった音だったかもしれない。

「飛ぶところさえ目撃していなけりゃ、手品で済ませられたんだろうけど……」

「分かるよ、だから読心術師がいちばん嫌われるのさ。その点でぼくも一目おかれがちなんだ。だからあえて否定もしなければ、肯定もしない。適当に怖がらせておくのは、かなり便利なこともあるからね。でも、大丈夫、兄さんには汚い手なんか使いっこないよ。腹のなかを探るときには、探るって、ちゃんと予告するからさ」

「傷の具合、どんなふう？」

「バンドエイド、ないかな？」

「血はとまったんだろ？　裏通りのスーパーも、六時にならないと開かないし……住まいは何処《どこ》なの？　名刺には刷ってないけど」

「岬町の弘法温泉、駅前の『わさび』芸能社……笑っちゃうよね、殺菌力があって、刺激的なんだってさ」

「快速に乗れば、ここから二十八分じゃないか」

「五分だろうと、五十分だろうと、二度と帰る気なんかないね」

「まさか岬町からずっと飛んできたわけじゃないだろ」

「けっこう消耗するんだ、空中遊泳やると……」

「何処に泊まっているの、市内？」

「カプセル・ホテル、駅前にあるだろ……まだ言ってなかったっけ？」

保根は腕時計に目を走らせた。五時六分、そろそろ月が沈んで、空が青みをおびてくるころだ。困ったことに、沸騰《ふっとう》寸前にまで煮え立った脳の血管から、眠気がすっかり蒸発してしまっていた。せめて二時間は寝ておきたい。二時限目から数学の授業である。授業だけなら一晩の徹夜くらい平気だが、数学となると話がまた別だ。数学はなぜか生徒たちの獣性を刺激するらしく、手の込んだ悪質ないたずらが仕掛けられやすい。クラス全員が他のクラスと入れ替わっていたのも、教室がそっくり空っぽになっていたのも、ドアの上に小便を一杯にしたバケツが吊ってあったのも、すべて数学の時間だった。とっさの反応が肝心なのだ。神経を研ぎすませておく必要がある。

「ウォッカ、一杯だけ飲んでおくよ。君は？」

「ぼくはやらない、体質的に合わないのか、蕁麻疹《じんましん》がでるんだ。マジッシャンには、なんといっても集中力が資本だからね」

「それで？　結局のところ、ぼくの役目は……君がコンタクトした狙《ねら》いは、何だったのかな……ぼくには親父の記憶がないから、見当がつかないけど、ご覧のとおりの干物人間だし、撃退役なら残念ながら期待外れだと思うよ」

「いよいよ問題の核心だね……」『弟』は、いや弟は（保根の意識からすでに鉤括弧は消えかけている）ゆっくり吸い込んだ息をとめ、あらためて手のひらのスプーンの柄と頭を照明のなかにかざし、はずみをつけて握り込む。かすかに金属的な音がした。息を吐き、指を開く。スプーンの柄と頭が圧搾機《あっさくき》でこねたみたいに団子状になっている。「ご覧のとおりさ……ぼくはべつに親父を恐れているわけじゃない、憎んでいるんだ。側《そば》にいられるだけで身の毛がよだつ。きっと逆上して……逆上のあまり……自分でも気付かずに殺してしまうんじゃないかな。あんなやつのために、殺人者にされるなんて真っ平だよ。だから……うまく言えないけど……なるべくぼくと一緒にいて、必要以上に接近しないように、親父に警告するとか……」

保根は瓶の口から直接ウォッカを口に含み、ちょっぴりむせたふりをして、時間かせぎをする。

「弱ったな、奥の部屋は作業室で、工具や材料で足の踏み場もないありさまだし……」

「兄さんには情況がよく飲み込めていないんじゃないの？」弟の尖《とが》った横顔に、たわめたスプリングの内圧が加わる。隙をうかがう、肉食の鳥か魚なみの威圧感だ。

「なぜ親父がぼくの捕獲に、あれほどの執念を燃やしたのか……その兄さんの欲のなさが、良さといえば良さだけど……兄さん、ぼくと組んで一仕事できると思わないのかい？　ぼくの専属マネージャーになったほうが、中学の教師なんかより、ずっと収入もよくなるし……いや、興行師になることをすすめているんじゃないよ。親父はぼくを見せ物に出して稼ぐことしか考えないから、手を切るしかなかったんだ。想像力欠乏症もいいとこだよ。ぼくは兄さんに百パーセント自由に利用してもらいたいのさ。掛け値なしの百パーセント。なんなら今すぐ契約書をかわしてもいい」

「契約って、なんの？」

「白紙委任状だって構わない。たとえば今後、保根治は、マリ・ジャンプの全行動を管理し、独占的に権利を行使しうるものとする。マリ・ジャンプは代償をいっさい求めない。ただ保根治はその権利を侵害するものに対しては、全力をあげて防衛の義務を負うものとする。つまり占有権の宣言だね」

「そんな主観的な宣言、意味ないじゃないか。公正証書ならともかく……」

弟は小さく頷《うなず》き、脱ぎすててあったパジャマのポケットから手帳を抜き出した。睡眠中でも手帳などの身のまわり品を手放さないのだろうか？

「これ、本当はパジャマじゃないんだ、舞台衣装なんだよ」手帳から、白紙の一頁《ページ》をちぎって、細いボールペンを添え、「ごめん、うっかり兄さんの思考を透視しちゃったよ、でもいいだろう、こんなふうにすぐに隠さず白状してしまえば……このパジャマ装束、なぜか評判がよくてね、それにルーズだから種を仕込むのにも便利だし……」

保根はもう一口、ウォッカの瓶にくちを当て、なんとも釈然としない気持ちで紙片の裏と表をあらためる。隅っこに小さくMEMOと印刷してあるだけの、ミシン入りのただの白紙。

「サインは血でなくてもいいのかい？」

「そんな茶化しかた、悪趣味すぎる。たしかにぼくには化けもの的要素があるかもしれない、でもそれ以上に、すごい可能性だと思わないの？　ぼくと組んで何が出来るか、想像してみてごらんよ」

「急にそんなこと言われたって」

「なんでもいいから、いま実現してほしい願い事……」

「君にそれほどの力があるんなら、勝手にぼくの考えを読みとればいいだろ」

「ルール違反はしたくないな」

真にうけたわけではない。かと言って、頭から否定したわけでもない。とにかく空中遊泳したことは（あるいは、そんなふうに見えたことは）事実なのだ。駄目でもともとなのだから、ためしに何か願い事をしてみようか。

玄関のブザーが鳴った。

「誰かな、今ごろ」

不意をつかれた保根の声は、油切れしている。

「心当たりは？」

「ない」

「親父だろうか」弟の声も裏返っている。しかし次の瞬間、はずんだ声、「浮かんだぞ、ほら、浮かんでいるだろ。いったん浮いてしまうと、あとは思いどおりに飛べるんだ。悪いけどこのチャンス、利用させてもらうよ。親父にはあくまでも白《しら》をきること……なんなら不法家宅侵入で110番してやれよ……また来るからね、おやすみ」

ふたたび玄関のブザー。弟はベッドの角を蹴り、天井に向かって斜めに跳ねた。

「電話番号……」

「知らないほうがいい、知らなければ白状しようがないし……」

開け放しのままになっていた窓から、イルカの量感で身をくねらせ、弟が夜空に飛び去った。無くしてから気付いた当たり籤《くじ》の番号、いつもこんなふうに手遅れなんだ。

玄関のブザーが繰り返し呼びつづけている。

6 誤解

厄介なことになってしまった。

弟が飛び去る間際《まぎわ》に言い残した「親父だろうか」という暗示が、たんなる暗示を越えて実現してしまったらしい。弟の父親なら、とりもなおさず保根自身の父親でもあるわけだ。死んだふりして消えてしまった無責任な父親に、二度と会いたいわけがない。

弟も弟だと思う、自分にも手に負えないほどの悪党を押しつけて、さっさと飛んで逃げるなんて勝手すぎるよ。こんなことなら、素直に契約を交わしておけばよかった。契約さえ交わしていれば、こんな目には会わずに済んだのかもしれない。

あきらめ悪く鳴りつづけている玄関のブザー。

まさか素手では応対できそうにない。牽制《けんせい》のために、ベッドの下の樫《かし》の木刀はどうだろう。中学二年のとき剣道一級の試験にパスしたおかげで、正眼の構えくらいは自信があるが、鎖骨にひびが入ってから長尺棒状物体恐怖症におちいり、いらい剣道はもちろん野球もスキーも出来なくなってしまった。相手に多少の心得でもあれば、木刀なんか足手まといどころか、かえって猛牛の鼻面《はなづら》で赤布をふってみせるようなものだろう。いっそ奥の手といってみるかな……表ざたにはしにくい、保根の護身用武器、催涙ガス銃……生徒の暴力をよせつけないために――仮面鬱《うつ》病の専門家の診断によると、保根はとくに生徒の獲物になりやすいタイプなのだそうだ――こっそり通信販売で購入した護身用のガス・スプレーである。銃と言っても、市販の雑誌に広告が載っているていどの無邪気なもので、凶器というにはほど遠い。

最新鋭セルフディフェンスウェポン
西ドイツからやってきた強い味方!

あなたは自分の命を守れますか。ニューヨークやロンドン、ローマに劣らず、いまや日本もお先真っ暗、自分が死んでしまってからでは、警察のどんな努力も水の泡。そうなる前にシュッとスプレー一発、射程距離2m以上、血を見ずに相手の攻撃力を封じてしまうTW100催涙ガス・スプレー

（この製品の所持、使用は法律で承認されております）

ワイシャツの裾に、マジックテープで取り付けた模造皮の袋（たしか眼鏡のソフトケースだったと思う、上からベルトで押さえるとほとんど目立たない）から、ガス銃を抜き取った。ランニング・シャツをかぶり、ズボンを穿《は》く。安全装置をはずして発射ボタンに指を添え、玄関のドアから一歩さがった位置で、まっすぐ肘《ひじ》を伸ばした。

「誰？　なんの用？」

「お怪我の具合、いかがです？」

女の声だ。まさか親父の声色なんてことはあるまい。いくら徹底的な性転換手術をこころみても、声まで変えるのは無理らしい。正真正銘の女だとすると、単純な消去法でも、まず隣の住人が浮かんでくる。何しに来たのかな？　おめおめと顔出しなんか、よくも出来たものだ。一般に犯人は、ひたすら犯行のもみ消しを謀るのが相場なのに、ぬけぬけと見舞いの口上をならべはじめたのだ。神経を疑うよ。

こうなると、弟がちらと漏らしていた疑惑……立ち回り先を予測した父親が、あらかじめ射撃クラブの会員の誰かと契約し、隣に住み込ませておいたのではないか、という劇画風の疑惑も、あながち荒唐無稽《こうとうむけい》ではすまされなくなってくる。保根自身が、きわどいところで弟を手放してしまい、つくづくと悔恨の念に打ちのめされていただけに、父親が弟の捕獲に燃やす執念の激しさも分かるような気がするのだ。

「もしもし、聞えているんでしょう？　開けてよ、わたし、ちょっぴりだけど、応急処置の心得もあるの。勤務先の講習で教わったんだけど、空気銃の弾って、残留すると鉛中毒の危険があるんだって……」

意味もなく笑いがこみあげてくる。保根は伸ばしていた関節の力をぬき、ガス銃を腰のベルトに差し込んだ。忍び足で玄関のドアに身をこごめ、監視用の超広角レンズに目をあてた。軸の狂いのせいか収差がひどく、周辺部に虹色《にじいろ》の隈《くま》が糸を引いている。中央部分だけは、かろうじて鮮明だ。誇張された遠近。白縁眼鏡の大目玉が、空気銃を腰だめに構えて両足をふんばっている。実像からはほど遠いのかもしれないが、線状の女を予想していた保根は、その球状イメージにほっとさせられる。

女が銃口を突き出してブザーを押した。

「待ってよ、いま開けるから」

電子ロックを解除し、取っ手を下に半回転する。

素顔を見るのは、むろんこれが初めてだった。とりあえずは、二十代後半で愛敬たっぷりの印象。短めの髪をふんわりと刈り上げにして、小柄だが顔がちいさく、眼鏡がよく似合う。上下そろいの枯れ葉色のパンツルックに、ピンクのスカーフを巻き、けっこう服装にも気を使っているようだ。保根はガス銃を収めておいたことにほっとした。双方で銃を構えあっていたりしたら、お笑い種《ぐさ》もいいとこである。

「保根さん？」

「そうですけど」

女は保根の上半身に、爪をはやしたような視線を這《は》わせ、首を何度も左右に振った。

「でも、別人だな」

「なにが？」

「怪我の痕《あと》なんかどこにもないし……雰囲気が、まるっきりよ」

「銃口、下に向けてほしいな」

「隠し立てをする、理由を言って」

「理由なら、そっちが先だよ」

「わたしが射ったんだから、当然介抱する義務があるじゃない」

「傷害罪を認めるの？」

「はじめは人間だなんて思っていなかった、嘘《うそ》じゃない、聞こえたでしょ、鴉《からす》が三羽ばかり、うるさくじゃれまわって……」

「鴉だって？　鴉はこんな時間、白河夜船にきまっているさ」

「人間だと分かって射ったりするわけないでしょ。威嚇《いかく》のつもりで、三羽の鴉の中心に狙いを定めたとたん、イルカに変わったの。白いイルカ。変だと思ったときには、もう引き金を引いていた」

「君の眼鏡、度が合っていないんじゃないの？」

「乱視と弱視で、矯正できないんだって」

「悪いことは言わない、これ以上かかわり合いにはならないほうがいいと思うよ。君を煩《わずら》わせるまでもなく、弾は摘出済み、さいわい怪我は擦過傷程度……でも、傷害罪であることに変わりはない」

「あれ、誰だったの？」

女の声が、酢漬けの卵みたいになった。形だけ残して、殻が溶けてしまったのだ。重力にゆだねて、垂れさがってしまった銃身。指先もとうに引き金から離れてしまった。

「君に関係ないだろ？　それとも誰かに頼まれたの？」

女がいきなり保根を押しのけ、上がりこんでしまった。背後でドアが、自動開閉装置も付いていないのに、自然に閉まった。風のせいだろう。保根は女に道をゆずって、口いっぱいの唾液《だえき》を飲み込んだ。いよいよ当たり籤の赤玉かもしれないぞ。まだ空想のなかでしか、性的対象になりうる異性がこの玄関をくぐったなんてことは、一度もない。

郵便受けが小さく鳴った。蓋《ふた》のスプリングが弾《はじ》けただけのことだろう。そうは言っても弟の警告だって、まだ無効が保証されたわけではない。父親がどこかに身をひそめ、侵入の機会を窺《うかが》っていないとは限らないのだ。念のためにもう一度、監視用の超広角レンズを覗いてみた。人影らしいものは認められない。かりに侵入間際だったとしても、こんな時刻に銃を構えた若い女性と出っくわしたら、いいかげん肝をつぶして退散するはずだ。こっそり錠をロックした。これで満願成就《じょうじゅ》、一石二鳥、女の退路を断ったことにもなる。

融けた蜜《みつ》の気分に浸っていただけに、いきなり女のわめき声の張り手をくらって、心臓がフライパンの上の猫踊りをさせられた。出しつけていない大声は聞き苦しい。

「隠れていないで、出てきてよ。お願い。出てきて顔をみせて！」

「よせったら、近所迷惑じゃないか」静止のつもりで保根が踏み出しかけると、女が素早く銃を構えなおし、引き金に指を添える。照準は保根の右目から小鼻のあたりに合っている感じだ。「調べたけりゃ、どうぞ……邪魔はしない。風呂場だろうと、押し入れだろうと、湯沸かし器の上の天井裏だろうと、自由に見回ってください。遠慮はいらない、どこにも鍵《かぎ》なんかかかっていないから、納得いくまで徹底的な家宅捜査をすればいい。まあ、落胆するのが落ちだろうけど……」

「幻覚だったっていうの？」

「言いにくいけど……」

「誤魔化しても無駄、この目ではっきり見届けたんだから」

「何を？」

女は銃を腰だめにした姿勢のまま、コルク材のサンダルを脱ぎすて、進入を開始した。どうせ弟は飛び去った後だし、行く手を阻《はば》む理由はなにもない。むしろひそかに、ほくそ笑みたくなる感じ。若い女性がこんなふうに玄関のドアをくぐっただけでも、画期的な事件なのに、部屋のなかまで上がり込んでくれるなんて、話がうますぎるよ。弟のやつ、芸達者なだけでなく、七福神の親戚《しんせき》なのかもしれないぞ。打出の小槌《こづち》なみの即効性は期待できなくても、蹄鉄《ていてつ》か蛇の指輪ていどには開運の効用はあるのかもしれない。

保根は女の後ろ姿を胸いっぱいに吸い込んだ。茂った柳の匂いがした。腰だめにした空気銃なんて似合わない。しかし熱反応レーダーを思わせる、左右をうかがう神経質な首振り運動は、ブリキの兎《うさぎ》みたいで可愛《かわい》らしい。保根の視線は高倍率のズームレンズになって、はじめはこわごわ、やがて大胆に、女の臀部《でんぶ》を凝視する。肉付きはいいのに、想像していたような球形とは違い、中身の詰まった良心的な、稲荷《いなり》寿司に似ている。化膿《かのう》した歯茎を連想した。生地の種類は知らないが、絹の軽さと、ゴムの伸縮性を兼ね備えた感じ。二つの球のあいだに想像を食い込ませようとするのだが、うまくいかない。弟だったら、実像が透視できるのかな？

居間兼寝室に踏み込んだところで、さすがに女がたじろぎを見せた。ベッドのうえの、棒状に捩《ね》じれたタオルケットの生理感覚にひるんだのか、それとも保根には感知できない男の体臭に辟易《へきえき》したのか。

ためらいを振り切った女は、いきなり窓際に直進し、手動ロックの爪が下りていることを確認した。まずい。いつロックなんかしてしまったのだろう。弟が飛び去った直後だったか、催涙ガス銃を手にしながらの無意識の仕業だったか、いずれにしてもへまをやってしまった。

「逃げたなんて、嘘じゃないか」勝ち誇った、視線。眼鏡の位置をなおして、じっくりと見まわす。あわてて監視の範囲に天井をつけ加える。膝《ひざ》をついてベッドの下を覗き込む。銃身を差し込み、引き金に指をかけ、細く乾いた声で懇願した。「お願い、出てきて。出てこないと射つよ」

「無駄なんだよ、いくら言っても」保根は声だけでなく、つい気持ちまで優しくなってしまう。「さっさとトンズラさ、君がいきなりベルを鳴らしたりするから……」

「でも、わたしにだって介抱する義務があるでしょ」

哀願にちかい女の上目づかい。保根は弟にたいする嫉妬心《しっとしん》と闘いながら、サイドテーブルのウォッカをコップに二センチほど注《つ》いで差し出した。

「こいつを飲んで、気を静めて……」ついでにベルトのガス銃を、目立たないように腰の後ろに回し、「世間には、いくら解明しようと思っても、手の届かないこと、あるんじゃないか。ありのままを、素直に受け入れるしか……君、仕事は、どっち方面ですか？」

「おあいにくさま」コップをひったくるなり、一気に飲み干して、二、三度咳込《せきこ》みながら銃口を保根の横腹にねじ込んだ。「そんな手に乗るもんか。男って、隙があれば、上に跨《また》がることしか考えないんだ」

「そんな、濡《ぬ》れ雑巾《ぞうきん》でひっぱたくようなこと、よく言えたもんだね。呆れたよ。自分の人格が泥んこになるだけだぞ」

「いいのよ、跨がりたけりゃ、いくらでも跨がって。そのかわり、お願い、一目だけでいいから会わせてよ」

ベッドの上に、女の視線が走った。おきっぱなしになっていた弟の名刺だ。視線を遮ろうとしたが、手遅れだった。保根の手をウォッカのコップごと撥《は》ねとばし、銃も床にころがしっぱなしにしたまま、野球選手みたいに頭からベッドにすべり込む。

「駄目だよ、返せったら！」

「《マリ　ジャンプ》か……」三〇度ちかくずれてしまった眼鏡をなおしながら、「もちろん芸名だろうけど、芸名にしても、変な名前。《スプーン曲げ》はいくらなんでも謙虚すぎるな。カムフラージュだろうか？　だって、空を飛べるんじゃない。機械を使わずに飛ぶのは、人類最大の不可能であり、夢なんだって。フロイドの言葉だっけ？　修験道《しゅげんどう》なんかでも、最終目標は天狗《てんぐ》だったらしいじゃない。高野山のえらい坊さんが、一週間の絶食苦行で、空中浮遊に挑戦したの、見た？　テレビで中継したじゃない。でも駄目だったみたい。それが楽々できるなんて、ネッシー以上の驚異よ。この目で見たんだから絶対だな。あれ、すごい超能力だと思う」

女はベッドのうえで、上半身を捻《ね》じり、肘でささえる。片膝立ての、きわどい挑発的な姿勢。

「あれ、弟なんだよ」

「まさか」

「信じられないだろうけど……」

「だったら、紹介してよ。約束する、絶対口外なんかしないから」

「どういう意味？」

「スプーン曲げ程度なら、見せ物にしたって、どうって事はないけど、空中飛翔《ひしょう》の術となると、そうおおっぴらには出来ないよね。第一、見せ物にするだけじゃ割に合わない。現に名刺にだって、刷ってないじゃないの。わたしなら、名案を思いつくまで、とりあえず泥棒でもやっちゃうな……天才的な大泥棒、たとえばの話だけど……いくら覗きの趣味があっても、さっきみたいな射たれ損じゃ自慢にもならないし……」

「この辺で、そろそろ自己紹介しあってもいいんじゃないか……君のとこ、門札も出していないみたいだし……」

「笑っちゃだめよ、名前は小文字並子。大文字、小文字の小文字。格好の悪さでは保根さんといい勝負。最初はかならず聞き返されるけど、二度と聞き返されない、便利な名前。おまけに並子のなみは、普通の並。冴《さ》えないったらないの」

「小文字さんか……」

「綽名《あだな》が『英和辞典』……」

唇は笑っているのに、視線は保根の値踏みをつづけ、片膝立てのまま上半身を捻った。伸縮性のある布地が太股《ふともも》にからみ、着崩れた感じがしどけない。保根はまごつく、男として認められていないのか、それとも意識的な挑発だろうか。

「ぼくの名前も、昔はもっとひどくて、ずばり骨格の骨だったらしいよ。なにか特別な職業だったのかな。お互い、事件の容疑者にだけはなりたくない姓だね」

「窓から飛んで逃げたなんて、とにかく嘘にきまっている」

「嘘なもんか……」

「きれい事は、よして……分かっているんだ、さっきからわたしを脱がそうとして、うずうずしていたくせに……なぜ乗っかってこないの？　一人じゃないからでしょ？　どこかに隠れている彼に、気兼ねしているから、図星でしょ？」

「そこまで信じられないのなら、何処でも自由に、見てまわったら？」

「言われなくても、そうさせてもらうつもり……」小文字並子は、反動をつけ、軽々と床に立つ。多少はスポーツの心得があるのかもしれない。銃を小脇に、重心を爪先《つまさき》にかけ、さも気力にあふれた足取りだ。まったく眠気を感じないのだろうか。

「案内なら、ご心配なく、どうせ間取りなんかも、わたしの所とそっくり対称なんでしょう。わたしね、ずっと前から、ああいう人間離れしたひとに憧《あこが》れていたみたい……」

残された保根はベッドの端に浅くかけ、指先を上瞼《うわまぶた》に食い込ませるように、両手のなかに顔を埋《うず》めた。まるで仕出し屋から出前してもらった高級弁当みたいな女だと思う。性的に惹《ひ》かれているだけなのだろうか、それとも結婚の対象として考慮するに足る相手なのだろうか。年は幾つぐらいだろう？　体のバランスはいいけど、小柄すぎるし、これまで空想のなかで恋愛感情を刺激してくれた相手と較《くら》べると、肉付きがよすぎる。でも後悔しないという保証さえあれば、今夜じゅうに関係を結んでしまいたいな。言葉遣いに荒っぽさが目立つが、気取りすぎよりはましだろう。もしこの場に弟がいたら、相談してみたい。どんな忠告が期待できるだろう？　もっとも忠告どころか、さっさと横取りされてしまいかねない危険もあるな。

顔を包んでいる両手のなかに、深々と欠伸《あくび》を吹きこんだ。

7 繭《まゆ》の内側

ドアを開けると、自動的に室内燈がともった。四〇Wの蛍光燈が二本、じゅうぶん以上の明るさである。しかし小文字並子は踏み込むのをためらった。予想と違いすぎたのだ。まさか天井すれすれに浮かんだ空飛ぶ男が、にっこり笑って迎えてくれる場面を予期していたわけではないから、落胆とは違うだろう。部屋というよりは物置。物置というよりは混沌《こんとん》の缶詰。ドアの開閉に連動させた自動点灯装置には、おおよそそぐわない無秩序さ……音をたてずに咆哮《ほうこう》している幻想的な乱雑さ……

この賃貸しアパートの構造は、玄関の共有部分をはさんで、完全に左右対称だと聞いている。やや広めの玄関（家主が自慢できる唯一《ゆいいつ》の長所）から、右もしくは左に収納用棚つきの廊下、突き当たりがトイレ。入ってすぐの窓側が（つい今し方、彼女が立ち入り調査したばかり）約十畳の板の間、保根はベッドを持ち込んで寝室にしてしまっているが、彼女は月賦でそろえたフィンランド製の家具とイタリー製の小物で演出し、居間兼客間、兼食堂に使っている。もっとも実際に客を迎えたことは、この数年間に十回を越えてはいないはずだ。来客の予定があるたびに、なぜか異変が起きるので憶《おぼ》えている。あるときはソファのクッションの裏側が黒い黴《かび》の培養基になり、別のときにはアール・ヌーボー風の大げさな花瓶に鼠《ねずみ》が巣をつくり、親鼠は逃げてくれたが赤剝《あかむ》けの子鼠が五匹、瓶の底でうごめいていた。保健所に電話してなんとか引き取ってもらったものの、脳味噌《のうみそ》じゅうの砂鉄が逆立つほどの嫌味をあびせられた。以来、仕事に使う無線装置も寝室に移動したし、書類の整理と保管以外にはまず使ったことがない。食事も隣の台所で立ち食い、あるいは立ち飲みでさっさと済ませてしまう。

さて、その台所の奥が、風呂場兼洗面所。廊下をへだてて、奥の八畳間。いま小文字並子を立ちすくませている、塵芥《じんかい》処理場のコピー。

彼女自身はずっと寝室に使っていて、仕事もすれば、テレビも観《み》るといった具合で使用頻度が高く、しっくり膚《はだ》の一部になりきっている馴染《なじ》みぶかい部屋。それだけに、この無秩序を形容する言葉もすぐには浮かんでくれそうにない。もちろん世間には変わり者も珍しくはない。こっそり片隅から世間を窺っている拗《す》ね者が、ネクタイを締め、髪を撫《な》でつけて地下鉄の階段を駆けあがる。路上廃物専門の蒐集家《しゅうしゅうか》が、証券会社の守衛室で、監視用テレビ・カメラの受像機をじっと覗《のぞ》きこんでいる。

たとえばどこか田舎の郵便配達夫の話。まだスクーターが普及せず、自転車で配達にまわっていた時代のことである。仕事の途中で気に入った小石を拾う趣味にとりつかれた。あらぬ噂《うわさ》をたてられないよう自制して、一日五個以内にとどめることにした。それでもやがて村外れに、貯蔵用の空き地を購入しなければならないほどの量になった。城の建設でもする気かと村民たちからからかわれた。そのからかいに従って、定年後はその石で城の建設をすることにした。十年かけて童話ふうの、あるいはディズニーランドふうの城が完成した。城には廊下も階段もあるのに、部屋がなかった。住むための城ではなく、ただ見るための城だったのだ。老いた元郵便配達夫は庭にテントを張って寝起きし、ひたすら城を眺めるだけの充足の日々を送った。いよいよ臨終を迎えたとき、肉親知人にたいして深く詫《わ》びたそうだ。なにを詫びたのかはけっきょく誰にも理解できなかったようだ。

小文字並子は、やっと肩の緊張をぬき、呼吸数も平常なみにもどした。外見から予想したほど、臭気がひどくないのに気付いたからだ。ドアから見て、右手にやや大きめの押し入れがある。彼女は上下の仕切り板を取りはらい、無線機と速記用ワープロを持ち込んで居心地のいい巣の中の巣に改造してしまった。もし空飛ぶ《スプーン曲げ》が身を潜めているとしたら、そこしかありえない。ラッカー塗装の板戸が半開きになっている。下段はがらくたで埋まり、溢《あふ》れださんばかりだ。潜伏場所としては、上段の奥が最有力である。しかしここからでは隅っこまでは目が届かない。

「いるの、いないの？　出てきてよ、いるんでしょう？」

三歩も踏み込めば確認できるのだが、床を埋めつくした廃品のルールが読み切れず、蒐集家の意思を踏みにじってしまうことへの遠慮もあって、ためらってしまう。珍しいガラス瓶。錆《さ》びかけた工具類。特大の鋲《びょう》、三個。イカ船用の大型電球（使用可能かどうかは不明）。頭に栓がついた招き猫（焼酎《しょうちゅう》の瓶？）。虹色に染め分けた毛ばたき。埃《ほこり》にまみれ、弦が切れたままのアーチェリー。崩壊寸前のルービック・キューブ。等々……

それに簡単には廃品と言い切ってしまえない物もある。たとえば自転車のベル、何十個も積み上げられているのは、盗品の証拠だろう。高圧線用の大型碍子《がいし》、売り物ではありえないし、工事場から無断借用してきたとしか考えられない新品だ。解体された何台分もの自動車エンジンの部品。奇怪に入り組んだ、精密機械梱包《こんぽう》用の発泡スチロールを積み上げたコーナー。新聞かテレビかで報道されたことがある、アメリカで大流行らしい怪物の仮面数個。トイレット・ペーパーの芯《しん》、たぶん五十本以上はありそうだ。実物そっくりに作られた、蛇や鼠など小動物のコレクション。自動車部品のわきに、がっちりした作業台があり、小型万能工作機が据えられている。小文字は発酵研の所員だけあって、研究所当てのダイレクトメールや、定期購読の化学雑誌の広告などで、小型万能工作機がけっこう値段も高く、めったに廃品として処理されたりするものでないことを知っていた。それにこの工作機は、手入れが行き届いていて、現役で活躍中であることは間違いない。作業台の隣に、がっちりと仕上がった脚つきのチェス盤が据えられている。素材は分からないが、チャコールグレイに塗装された金属板と、磨き上げられた銅板の格子《こうし》が、素人《しろうと》の手作業とは思えない仕上がりを見せている。いま工作中の製品は、そのチェス盤で使うための駒《こま》らしい。駒はまだ三つしか完成していない。そのうちの二個が真鍮《しんちゅう》製で、あとの一個がアルミ合金だ。どれもポーンらしい単純な形だが、ボルトとナットに点火プラグの部分らしいものを組み合わせた、なかなかの作品だ。気が利《き》いているし、刺激的で興奮を誘うものがある。

保根という男、けっこう体温が高そうだ。ほどよく発酵した堆肥《たいひ》の熱。見掛けによらずたのしい人物かもしれないぞ。

押し入れの板戸の開閉を邪魔しているのは、大型の硬化プラスチック製ケースである。鮮やかな黄色、たぶんプロテックスのカメラバッグだ。そこから板戸に添って、大小のカメラバッグが横並びに並んでいる。黒の中型は本皮らしい、小型のアルミケース、赤皮で縁取りした帆布製のショルダーバッグ、それらの上に雑然と並べられた一眼レフ四台、それぞれ違ったレンズが付けられている。他に6×6の二眼レフ、コンパクト・カメラ、三脚などが勝手放題の姿勢をとり、全体がうっすらと埃にまぶされている。しかし、ストロボ用のアンブレラが顔を覗かせていたりして、機材がすべて屠殺場《とさつじょう》行きの運搬車から途中下車させられたとはかぎらないことを暗示している。この乱雑さは、探す面倒を省くための、使用頻度にあわせた自然な体配列かもしれないのだ。

爪先立ちで、右前方に、おずおずと足を踏み入れる。簡単にクリップ留めした、カタログ雑誌からの切り抜きらしいもの。滑りやすいが、すくなくも完全な平面なので、姿勢は安定する。撮影用の小型照明器具がセットされていて、支柱の役目もしてくれる。白黒二本を縒《よ》り合わせた古風なコード。スイッチを入れてみた。強力なスポット光線が、押し入れめがけて注ぎ込まれる。足場をととのえ、前かがみになると、上段の奥までなんとか覗きこめた。簡易暗室らしい。小型引き伸ばし機、四つ切り用現像バット、暗室ランプ、夜光時計、ビーカーに攪拌《かくはん》棒、大小の着色ポリ容器に、流し場がわりのポリバケツ。黒と赤の二枚重ねのカーテンが、裾《すそ》をからげて天井に固定してある。

小文字並子のこの観察力が、素人ばなれしすぎているからと言って、非難はしないでほしい。知ってしまえば、なんということもない。勤務先（通りをへだてた発酵研）の上司が、やはり大の写真マニアで、月に一度のヌード撮影を口実に、かなり高額のモデル料が彼女に支払われる。予定どおりなら、たぶん明日か明後日、呼び出しがかかるはずだ。給与外手当てとしては悪くない。自虐《じぎゃく》的な気分を棚上げにすれば、自分の裸が、相手の支払い限度額を確実にこえて魅力を発揮していることに、ほくそ笑みたい気持ちがまったくなかったといえば嘘になる。

いずれただの男に、納得のいく人格など期待できるわけがない。息を詰めて男性不信をくぐり抜けてきた小文字並子にとって、男のヌード覗きなんか、無邪気なものである。いずれ持たざる者の代償行為にすぎないのだ。男性ホルモンというのは、排ガスの無駄使いで作動している、ひどく原始的なエンジンらしい。浄化装置なしのマフラーから噴出する汚染物質を、男らしさとして誇示しているにすぎないのだ。しかも許せないのは、そのエンジンの浪費を素直に認めようとせず、処方にしたがって服用している必須《ひっす》アミノ酸みたいにふるまって見せるあの偽善だ。

「そろそろダイエットを検討してみてもいい頃合いじゃないか？」

処方せんの数値を検討するような口振りで、ファインダー越しに彼女の裸を論評したりする。冗談じゃない、蒸籠で蒸したての田舎饅頭《まんじゅう》みたいな張りとふくらみが彼女の魅力なのだ。眼も丸く、鼻の穴も丸く、顔も丸く、胴も丸く、だから眼鏡もロック歌手ふうの丸い婆《ばあ》ちゃんスタイルで合わせている。ただ脚だけはすんなりと形がよく、その定規とコンパスの組み合わせが魅力で、いつも注目の的だった。すくなくもボーイフレンドに事欠いた憶えはない。にもかかわらず、その後はげしい男不信におちいったのは、彼女を取りまく男の包囲網が厚すぎて見通しがわるく、くわえて強度の近視のため、つい選択に適切を欠いていたせいもあるだろう。密接距離に入ったとたんに見せる男の変質は、いつも予想を越えていた。

「モデル・クラブの電話番号、調べましょうか？」

「そういう意味じゃない、誤解だよ、分っているだろ」

無視してバスローブを羽織ってしまう。宥《なだ》めようと駆け寄った上司の下腹を薙《な》ぎ払ってやった。しぶとい手応《てごた》えがあり、相手は床にはいつくばって、大げさにうめきつづける。ざまみろだ。でもこんな程度で退《ひ》き下がってやるつもりはない。そのうち、とことん追い詰めてやるよ。

報復の機会にそなえて、暗室作業も手伝うことにした。証拠収集のためにも、写真のチェックをしておいたほうがいい。技術の習得はいずれ役に立つものだ。現にこうして、押し入れ上段の乱雑さの意味を即座に理解できたのも、写真について多少の知識があったおかげだろう。さいわい写真好きだけで、自分の上司と保根を似た者同士とみなすほど狭量ではなかった。写真好きはたぶん万人のなかに内在している衝動じゃないかな。犬が電柱に小便をかけてまわる衝動とも通ずるものがある。縄張りに執着する気持ちとも関係がありそうだ。飢餓感にさいなまれている人間ほど、代償行為としての写真に走る。彼女の上司が、男性ホルモンの不完全燃焼による写真マニアだとしたら、保根の場合はどうなのだろう？

壁の隙間《すきま》を埋めているミニ作品群。さっきから気にはなっていたが、廃品回収業者の仕事場の盆栽みたいなこの混乱のなかでは、黴か雨漏りなみの影の薄さだった。壁の大半は床から這い上がった廃物に覆《おお》われ、その余白が作品の展示場になっているのだ。しかも彼女の上司のアルバムの大半が四つ切りで占められているのに較べ、このギャラリーの壁面を飾っているのは、大きくてせいぜいキャビネどまり。あるコーナーなどは、35ミリからの密着だけで構成されているという徹底ぶりだ。はっきりはしないが、万事にわたって微小なものにしか魅力を感じられない、異常心理について読んだ記憶がある。その類なのだろうか？　ゴム紐《ひも》で吊《つ》った拡大鏡が添えられていた。近眼で乱視の彼女には、好意的な押しボタン式交通信号に感じられた。

ヌード写真は一枚もない。ほっとした。あるのはスクラップの山、煉瓦《れんが》状にプレスされたアルミ缶の細部、火事で炭化した家具つきの部屋、積み上げられた使い捨ての注射器、夜明けの繁華街で鼠のはらわたを引きずり出している鼠、犬の糞《ふん》のなかでうごめいている銀蠅《ぎんばえ》の蛆《うじ》、雑草の間で雨にうたれて縮緬皺《ちりめんじわ》になったポルノ雑誌……これは何だろう？……氷嚢《ひょうのう》とはちがう、灌木《かんぼく》の枝に引っ掛かっている巨大なゴムの袋、その先端に溜《たま》っている混濁した液体、牛乳とは似て非なるもの、どうやら使用済みのコンドームらしい……

この悪趣味でも、ヌードよりはましだと考えるべきかどうか、小文字並子もさすがに首を傾《かし》げてしまう。仔細《しさい》にみると、使用済みのコンドームに劣らず珍妙な被写体が、けっこう巾をきかせているのである。ありきたりの名刺判のグループなので、ついつい見過ごしがちだが、三十枚近いほとんどにおなじ被写体が扱われている。撮影者としては、けっこう強い関心をよせているのだろう。断言は出来ないが（後で聞いてみよう）蛙《かえる》らしいものの干物と、蛇らしいものの頭蓋骨《ずがいこつ》だ。蛙は白を背景に、頭蓋骨は黒を背景に、それぞれフレームいっぱいに焼き付けられている。背景の影を消し、しかも被写体の立体感をきわだたせた照明技術は、かなりの腕前である。

それにしてもグロテスクな趣味だ。彼女はねとねとした感触が苦手だった。とくに爬虫類《はちゅうるい》や両棲類《りょうせいるい》のたぐいは、想像しただけで全身の末端にしびれが走る。ただし干物になると、さすがの蛙も皮膚の粘液を失い、揉《も》んだ和紙みたいにシワシワになり、しかも頭だけは収縮しないので幼児に似た愛敬さえ感じさせる。バクテリアの侵食をうけた形跡がないところをみると、人工的な干物だろうか。そう言えばいつか横浜の中華街の材料店で見掛けたような気がしないでもない。たぶん食用蛙なのだ。

食用と思ったとたん、不気味さが半減した。納豆にしても、とろ芋にしても、むしろ好物のほうである。皮膚感覚と味蕾《みらい》感覚とでは逆数関係にあるのかもしれない。頭蓋骨のほうは、ずっと安全だ。乾ききっているから、皮膚感覚がおびやかされる懸念《けねん》はない。表情もおだやかで、ほとんど円にちかい眼窩《がんか》のせいだろう、まったく攻撃性を感じさせないのだ。鼻腔《びこう》も笑った受け口ふうで、道化てみえる。本物の口のほうは二重顎《あご》の皺なみの柔和な線、ただしその顎を支える骨が鋭く後方に突き出していて、付着していた筋肉の太さを想像させはするが、正面像だとせいぜい漫画の兎の耳だ。あくまでも剽軽《ひょうきん》で柔和な印象。本当に蛇の頭だろうか？　ラッコかオットセイのような、もともと温厚な動物かもしれない。そう言えば歯が見あたらない。咀嚼を必要としない餌《えさ》はプランクトンくらいのものだ。長須鯨《ながすくじら》以外に、プランクトンを常食にしている動物なんていたっけ？

「誰も、何処《どこ》にも、隠れてなんかいないよ、残念だけど……」

いきなり声をかけられ、思わず悲鳴をあげてしまった。悲鳴は大げさかな？　しかし酸素の補充のために、肺が意思に反して急膨張したことは事実だ。

「なんなの、この部屋？」

「小文字さんて、もしかしたら京都の人じゃないかな。字に書いてみると、けっこう優雅な感じだし、あんがい珍しいだけじゃなく、名門の出なんじゃないかな」

「父親は、たまにそんなこと漏らしていたけど、でも母親に言わせると、大違い……京都でなくても、あちこちにあるでしょう、大文字焼き……どこかの大文字焼きの神社の境内に店を出させてもらっていた、ドンドン焼なんだって……大文字焼きにちなんで、小文字焼。茶店の屋号ってわけ」

「面白いじゃない、ホネよりはましさ……ちょっと後ろを見てごらん」

半開きのドアのせいで、陰になっていた背後の壁際。みぞおちに膝蹴《ひざげ》りなみの衝撃。人間の骸骨《がいこつ》が三体、泰西名画を思わせるポーズで立っている。これも廃品の一種だと言えばそれまでだが、廃品のなかの廃品、さすがに王者の貫禄《かんろく》だ。

「本物かと思った」

「よく出来ているよね、イギリス製なんだ。ただの紙細工だけど、本物そっくりだろ、ちゃんとした医学生用の教材なんだってさ。組み立てながら、感心したな、本物の骨も材料は出来るだけ薄くして……軽いほうが何かと有利だろ……構造で堅牢《けんろう》さを確保しているんだ」

「保根さんの名前にちなんで？」

「まあね……出来れば部屋じゅう、骨づくしでいきたかったけど……本物の骨は、あいにく、これっきり……」

三体の骨格模型のなかの、中央の一体の眼窩から、親指大の白い球状のものをつまみだした。

「それ、あの写真のモデル？　なんなの？　もっと大きな、ラッコの頭かなにかだと思っていたけど……」

「種をあかせば、スッポン……接写したんだよ。けっこういい腕してるだろ」

「一緒に写っている蛙は？」

「これのことかな……」右側の、やや仰向きかげんにしている骸骨の骨盤から、捻り黒飴みたいなものを取りだして、「カジカ蛙の干物だよ。目玉がくるっとしていて、可愛いだろ。蛙がぼくの綽名なんだ」

小文字は片腕をあげ、首をかしげている三番めの標本を顎でしゃくった。

「そっちの彼は？　やはり何か、しのばせているの？」

「彼じゃない、彼女」

「三人とも？」

「パリスの審判のつもりでポーズをとらせたつもりだけどな。知っているよね、パリスの審判？」

「知らない」

「三人の女神の、美人コンテスト。ミスの栄冠に輝いたのが、スッポンをくわえている中央のヴィーナスさ。あんがい世界で最初のミス・コンテストかもしれないね。

古いところでは、たしかクラーナハ、新しいところではルノアールが描いているよ。ぼくも、せっかく骨が三体そろったから……」

「美女も死んでしまえば、ただの骨ってわけか……」

「興味ないよ、教訓なんか……こっそり上から想像の肉をかぶせて、面白がっているだけ……オッパイとかオシリとか……やってみてごらんよ、面白いから……ヨーロッパの基準だと、理想の骨格標本はインド人の少年なんだってね。何年か前までは、ヨーロッパ中の大学がインドから輸入していたらしいんだ。でも、そのうち、行方不明になる男の子の数が年々増えはじめて……」

「まさか」

「本当なんだ。政府としても無視できなくなって、人骨輸出禁止令をだした結果、ヨーロッパ中で標本不足をきたし、あげくに開発されたのが……」

「でも、女って言ったじゃない？」

「違いは骨盤だけなんだ。製作者の好みで、どっちにでも出来るように、両方の型紙がセットされているのさ。欲しけりゃあげようか、男の骨盤、どこかに紛れ込んでいるはずだから……」

「すごい散らかりよう」

「気が休まるんだ」

「臭《にお》わないし、蠅がいないからいいけど……」

「見なかった？　いつだったか、ニュース特集みたいな番組でやっていた、フィリッピンの郊外埋立地に棲《す》み着いてしまった連中のこと……警察がいくら追い払っても、すぐまた戻って来てしまうらしい……赤い百足《むかで》みたいな虫だって、釣りの餌としてちゃんと買手がつくらしいし……」

「事情が違うんじゃない、この部屋とは」

「ちらかし放題のほうが、なんとなく落ち着くんだ。でも、こんなふうにもろに覗かれてしまうと、けっこう羞恥心《しゅうちしん》が刺激されるな」

「わたしだって、とくにきれい好きってわけじゃないけど……」

「肋骨のかわりに、水族館みたいなガラスを嵌《は》めこまれた感じかな……裏返しにされて、はらわたが剝きだしになったイカかタコ……温泉土産の塩辛……そう、塩辛だな、半分腐りかけた旨味《うまみ》っていうか……洗い晒《ざら》したシャツみたいな、着心地のよさだね……」

「本当のこと教えてよ。さっき空を飛んでいた人、誰だったの？」

「言ったじゃないか、弟だって」

「たしかに命中の手応えがあったし……だから、左肩のあたりに傷跡が残っているはずだけど……でも、空を飛ぶくらいの超能力者なら、そんな傷口くらいあっという間に治ってしまうかもしれないし……」

「疑っているの、飛んでいたのが、ぼくかもしれないって……」

「消去法。窓にはちゃんと、内側からロックしてあったし……」

「光栄だね。ぼくの正体はいま君が見ているとおりの、塵芥の山さ。発酵寸前の、ごった煮の……」

「発酵のこと、そんな使いかたしないほうがいいと思うな。バイオは現代の最先端技術なんだから」とつぜん空気銃を構えなおし、膝のあたりに狙《ねら》いをつけ、「実験してみてもいい？」

「なにを？」

「怪我《けが》させても、すぐに治るかどうか」

「冗談じゃない、治るわけないだろ。弟の傷から摘出した弾、証拠物件としてちゃんと保管してあるんだ。警察に訴え出たら、立派な傷害罪だよ」

「久米の仙人の話、知ってる？　覗きの罪で神通力をうしなって、墜落した仙人」

「何が言いたいのさ？」

「保根さんが、もし久米の仙人なら、神通力を取り戻してあげてもいい」

「どうやって」

「覗いた相手の女と、肉体関係を結んでしまえば赦《ゆる》されるんだって」

「馬鹿《ばか》ばかしい」

「今昔物語、読んだことないんでしょ……」水中で聞く、冬の蟋蟀《こおろぎ》みたいな音。小文字並子がすばやく腕時計に眼を走らせる。スイッチを押すと、蟋蟀がなきやんだ。

「ロンドンからの最終通信の時間。バイオ関係の特許速報を流す研究所と契約しているんだ、うっかり聞き漏らして、会社に損をかけたりしたら、一発でボーナス・カット。一時間ほどで戻るから、考えておいてね、真面目《まじめ》な話……わたし求婚するつもり、あの飛んでいた人が見つかったら……断られて、もともとでしょ、真剣なんだ、籍なんか入れてもらう必要ないし、式も披露宴もなしでいい……ああいう人を、ずうっと待ち焦《こ》がれていたんだ……」

ウォッカを瓶ごとラッパ飲みにした。静かに飲み下し、手の甲で唇をぬぐい、凹レンズの奥で微笑《ほほえ》んだ。まとまりの悪い、しかし個性的な魅力が充実している。もちろんこのフェロモン作用が、八割以上願望をまじえた主観にすぎないくらい、保根もじゅうぶんに心得ていた。

「飛んでいたのが、ぼくだとしても?」

「もちろん」

サイドテーブルの上の、弟との間に交わされるはずだった委任状、しかし署名も捺印《なついん》もしそびれたままだから、ただの白紙にすぎない。その上に小文字が七桁《けた》の数字を書き込んだ。

「電話番号？」

頷《うなず》いて、そばに転がっていた目の粗い金属ボールを押さえにした。いかにも廃品趣味に似つかわしい、ただのペーパー・ウェイトだと思ったらしい。じつは弟が変形させたスプーンだと種明かしするのは、もっと先にしたほうが穏当だろう。

8 鴉《からす》

共用ホールを横切りドアを閉める直前、振り向いた小文字並子の表情に、保根は解読を求める暗号めいたものを読み取った。脳細胞がいっせいに過給装置を作動させ、酸欠による酩酊《めいてい》状態におそわれる。しばらくじっと立ちつくす。共用ホールの焦げ茶のタイルの意外な艶《つや》。壁に立て掛けた、変速機つきの自転車、シルバー・メタリックの細身の車体に、オレンジの縁取りが入ったチャコール・グレイのサドル。その微妙なカーブに妖《あや》しい胸騒ぎをおぼえた。

ホトホト、ホトホト、ホットホト……夢想中に舵《かじ》がきかなくなったとき、意味なく口をついて出る呪文《じゅもん》。通常は困惑、もしくは愛想をつかせたときにしか使い道のない副詞のはずだが、保根の発声器官を通過したとたん、なぜか猥褻《わいせつ》な響きをおびてくるのだ。たしかに辞書にもこう出ている。

ほと【陰】女性の陰部。女陰。「この子を生みしに因《よ》りて、み陰炙《や》かえて……」

前の道を小型トラックとワンボックスの《飯屋》の配送車が続けて通過した。発酵研の屋根が、涙腺《るいせん》に染《し》みるほど青い輪郭の空になぞられ、鳥の糞まで浮かびあがって見える。もうそんな時間なのだ。一時間後には彼女が仕事を終え、コーヒーを飲みに寄ってくれないとも限らない。せめてそれまでの間、熟睡しておきたい。予報どおりの晴天が望めそうだし、睡眠不足に空の眩《まぶ》しさはスモッグ以上に有害なのだ。

彼女にかぎらず、弟だって戻ってこないとは限らない。空が完全に明るくなってしまえば、空中飛行は自殺行為だが、あと二、三十分はなんとか誤魔化しもきくだろう。念のために窓の回転ロックも外しておくことにする。ホトホト、ホトホト、ホットホト……テーブルの引き出しから、例の空気銃の弾を保管しておいた小物分類用のビニール袋を取り出し、台所の冷蔵庫の卵入れの端におさめ、ついでに生卵一個と総合ビタミン剤を牛乳で流し込んだ。ズボンのベルトにはさんだガス銃を、椅子《いす》の背に掛けたワイシャツの裾の専用ポケットに戻し、読書用スタンドの明かりを消す。とたんに窓の青が橙《だいだい》方向にスペクトルの幅を増す。新聞にかぎらず夜明けの配達人はみんな駆け足だ。

睡眠時間を記録確認するため、クロノグラフのストップウォッチ用ボタンを押す。ベッドめがけて倒れ込む。潰《つぶ》された蛙みたいにシーツに貼《は》りついた。強く眼を閉じる。くねくね光の紐が闇《やみ》に遊泳しはじめる。遺伝子の顕微鏡写真みたいだ。

超ひも理論……物質の根源を解明する最終理論……素粒子は粒子でなくて紐なん

だとさ……自殺にも他殺にも、もっとも利用度の高い古典的凶器……

　しめしめ、背骨が曲りはじめたぞ。催眠兆候の第一段階。頭が膝のあいだにめり込んでいく。背骨の湾曲がつづき、やがて保根は球体になる。一抱えくらいの大きさで、ランニングシャツの皺と輪郭が、マニラ上空あたりから俯瞰《ふかん》した陸地の図形を思いださせる。便器の排水孔みたいな穴があいている。穴の配列には法則がない。パチンコ台のようでもあり、ゴルフ場のようでもある。北極点に指を添え、軽く捻ったただけで、慣性のきいた重々しい回転運動が始まった。保根には自分が回転しているのか、回転している地球儀の観察者なのか、判別しかねた。穴はボリビア付近にまで均等にちらばっている。

　この穴が、もし女性生殖器だとしたら、受入れ可能な男は何人までか、緻密《ちみつ》に計算しておく必要がある。その計算が曖昧《あいまい》だと、地球が生産の場であることを止め、占有権確保のための殺しあいの場になりかねない。せいぜい地球の自転を加速して、遠心力で余剰の雄を次々撥《は》ね飛ばしてしまうしか、和解の時代は来ないのかもしれない。とりあえずは、毛虱《けじらみ》みたいに鉤爪《かぎづめ》を研ぎすまし、がむしゃらにしがみつくことだけに専念して……ホトホト、ホトホト、ホットホト……

なんとなく勃起《ぼっき》の自覚。うまく眠れたのかな？

ここはたぶん、夢と現実のあいだのゼラチン状の隔壁の途中だ。何かに妨害されて、トンネルの途中で立ち往生させられてしまったらしい。そう言えば、昨日も、一昨日も、きまって明けがた似たような経験をさせられた。不愉快なリズム、というよりリズムが狂った躓《つまず》きの連続音。なんだろう？　野良猫が、窓の軒と庇《ひさし》のあいだでジョギングでもはじめたのかな？

どのみち寝てはいられない。方角を確認するため、上半身を起こしてみた。わが愛する廃品貯蔵庫の中だろうか？　あの雑居房の中にならば、手足をばたつかせる無機物くらいいても不思議はないだろう。違う。むしろトイレのほうが怪しい。何かがトイレの窓枠で背中を掻《か》いているのだ。まさか弟がそんなことをするはずはないから、猫、さもなければムササビか、蝙蝠《こうもり》？　廊下に出てみた。突き当たりに、水性艶消しペイントのアイボリー色のドア。横巾一杯のカレンダー。いぜんダーツ競技に凝っていたころ、命中しそこなった矢でつけた傷隠しだ。ひどく男好きのする女流画家の作品だったので、つい買わされてしまったが、線も色彩も悲鳴なみに自己顕示が目立ち、奥まったトイレのドアにはけたたましすぎる。しかも三枚一組の、最後の一枚――つまり九月から十二月まで――ということは、いま七月だから、去年の冬のカレンダーだということになる。いずれ自作の写真に貼りかえよう。被写体には空焚《からだ》きして半分溶けた薬罐《やかん》を手にいれたい。

びくびくものでドアを開ける。とたんに安眠妨害の元凶が、逆さに構えた殺虫剤のスプレーみたいに(後にも先にも一度きりの失敗だが、それにしても強烈な体験だった)顔面を直撃した。譬喩《ひゆ》的に言えば、目的も図面もなしに工具を振り回している気違い大工の作業場のミニチュア。とりわけ生木に食い込む、錆びた鋸《のこぎり》のきしみ。拒絶反応が保根をねじ上げる。狼狽《ろうばい》のあまり、パイプ掃除用のゴムホースで窓枠を乱打してやった。いくら年季の入った泥棒猫でも仰天するはずだ。

狙いは外された。ゴムホースの威嚇《いかく》は、かえって相手を刺激し、挑発してしまったようである。気違い小人大工は一瞬手を休め、窓枠から身を乗りだしてきた。ずんぐりした滑らかな曲線。猫よりは、むしろラッコかオットセイの輪郭。何者だろう？ 不明の侵入者の、不明な行為。不可解さがつのる一方だ。

さいわいガラスが鉄線入りのダイヤカットで、透過率が悪い。こちらから相手の正体が見分けられないように、向こうも保根の表情はおろか動作の識別も困難なはずだ。なんとか恐怖に耐えて、踏みとどまった。数秒間の間をおいたあと、相手は何事もなかったように、ふたたび作業を開始する。

右の窓枠に添って、何かが滑り落ちた。ガラスをとめるパテの破片らしい。剝離《はくり》したあとに一センチ五ミリほどの痕跡《こんせき》。ガラス切りでは手に負えそうにないので、パテを削ってガラスごと取り外すつもりかな？ それも保根に気付かれたことを承知のうえで、平然と仕事を続行するのだから、大胆という以上に向こう見ずだ。かなり手荒なことでも、楽しみながらやってのけられる手合いらしい。左側で剝離がはじまった。すでにパテの輪郭が直線ではなくなっている。錆びた刃こぼれ……地中で半世紀はたった、元日本兵のゴボウ剣。

よろよろと、思考が動きだす。こんな芸当は人間には無理だ。年季の入った鳶職《とび》にだって無理だろう。鳥だろうか？　鳥類だとしたら、鴉か、キツツキだな。でもキツツキが木を穿《うが》つのは採餌《さいじ》衝動だ。パテのような鉱物質がキツツキの食欲を刺激するわけがない。消去法では悪食《あくじき》でならす鴉が残る。でもパテの主成分はたしか炭酸石灰だ。いくら鴉でも消化なんかできっこない。家宅侵入をくわだてる鴉？　身の毛がよだつよ、保根はもともと鳥類が苦手だった。なにも凄《すご》みのある鴉にかぎらない、玩具じみたカナリヤだって願い下げにしたい。鳥類は一般に体温が高いので、羽毛の隙間がダニの巣になるらしい。おかげでさまざまな伝染病の媒介役を勤めることになる。そのうえ鴉には不吉な印象がつきまとう。あの世への案内鳥、死の告知鳥……

反射的にゴムホースを振り上げていた。さっきの倍の速度で、窓枠に添って走らせてやる。意気込みに圧倒されたのか、パテ削りが中断された。予想以上に量感のある影が乗り出してくる。いっこうに白旗を掲げようとしない、恐いもの知らずの正体を見定めるつもりらしい。夜空はすでに見えない黒から、見える黒へと変化し、ダイヤカットのプリズムの一辺は、さらに橙色へとスペクトルを広げはじめている。パテ削りの作業員が身動きするたびに、ギザギザの輪郭が激しく分離し、結合し、いやでも総体を浮かび上がらせてしまう。

やはり鴉だ。間違いない。

巨大な嘴《くちばし》、充血した赤目、磨きあげられた鋼鉄色の翼、盛り上がった肩、いかにも猛禽《もうきん》らしい瘤《こぶ》だらけの頭……

そっくりな影がもう一羽、斜め左下から割り込んできた。二羽そろうと、良心的な桃の缶詰みたいにぎゅうぎゅう詰めになる。二羽が顔を見合わせ、声量のある喉《のど》で咳込《せきこ》んだ。いや、笑ったのかもしれない。嘴の割れ目に、紅生姜《べにしょうが》色の舌がちらついた。

忍び足で、リニアモーター・カーになった気分で、居間めがけて滑走する。晴れてガス銃にお出ましを願える時がきたようだ。学校教師らしからぬ(知性の欠如した)買い物だと、内心忸怩《じくじ》たるものもあったのだが、どうやらこれで胸を張って釈明もできると言うものだ。攻撃に優る防御なし、あるいは攻撃こそ最大の防御。ワイシャツの裾につけたポケットごと、銃を持ち上げたとたん、警告するように窓が鳴った。

風が強まったようだ。向かいの発酵研の塀から突き出している無花果《いちじく》の葉がもがいている。この風速だと、トイレの窓からの逆風もかなりのものだろう。鴉退治どころか、こちらが先に至近距離のガスを浴び、目が開けられなくなる可能性だってなくはない。乱気流を避け、風下に向けて発射するのでなければガス銃の使用は要注意なのだ。

追い掛けるようにして、思いついた。空気銃なら、風の影響を考慮せずにすむ。手入れが行き届いた小文字並子の連発式空気銃。

読書用スタンドのスイッチを入れ、唾《つば》をつけた指で、電話帳のページを掻きまぜる。掻きまぜながら、顔の裏でもう一つの顔が、ぺろりと舌を出していた。棚ぼたもいいとこである。電話をするための、もっともらしい口実を与えてくれた鴉たちに、内心ひそかに感謝の念を捧《ささ》げていたようだ。

9 陰謀の成立

不自然でしかも、わざとらしい姿勢。仕事机に大股《おおまた》びらきにした両脚、桃太郎ふうに束ねた頭を電動調節式の背凭《せもた》れに深々とあずけ、小文字並子は外から自分を覗《のぞ》いているもう一人の自分になって、空想する。沼の青藻に浮かんでいる溶解寸前のヌード写真……

もしいま空飛ぶ男があらわれたとしても、こんどは気付かないふりをしてやろう。心ゆくまで覗かせてやろう。矛盾しているようだが、空気銃は仕事机の脇《わき》、すぐ手が届くところに立て掛けてある。覗いたのが《彼》でない限り、容赦せずに引き金をひくつもりだからだ。首から乳房にかけて、風呂上がりみたいに汗ばんでいる。

ひらいた股のあいだの無線受信機は、存在感たっぷりの本格的なものである。彼女を圧倒するほどではないにしても、対等の重さは感じられる。題名を『電波と戯《たわむ》れる女』にするか『電波に犯される女』にするかは、観察者の趣味によるだろう。

電波の発信地点はどこかチューリッヒのあたりらしい。特許速報専門のCOK局の67B。月に三度周波数が変更され、変更の都度会員だけに知らせてくれる会費制の専門局で、世界各国の特許庁で公示された新情報が提供される。なかでも67Bは競争の激しいバイオ関係が専門で、関係者には欠かすことの出来ない情報源だ。もっとも加入費が高額であるうえ、会員数に制限がもうけられていて、新規の登録はほとんど不可能らしい。小文字並子の勤務先である発酵研みたいな、微々たる地元の葡萄《ぶどう》栽培農家が出資しあって設立した、看板だけの研究所が、どんな手づるでそんな希少価値の高い会員権を入手できたのだろうか？

わが飛ぶ男の運命とも、いずれ関連をもってきそうな情況なので、一応の経緯は報告しておいたほうがよさそうだ。すでに複数の人間が、受話器のまえで電話番号帳の「こ」の字の欄を開き、プッシュ・ボタンに指を置く決心が熟してくるのを待ちうけているところである。そうのんびりもしていられない。

二年ほど前に遡《さかのぼ》る。オメガノン製薬という泡沫《ほうまつ》会社の株がとつぜん暴騰《ぼうとう》した。仕手株あつかいされる筋合いはなかったし、会社の経営陣――といっても総勢わずか三人にすぎないが――は極度の狼狽におちいった。考えられるのは、ひそかに株を買い進め、ぎりぎりまで値を釣り上げたところで姿を現し買戻しを要求する、例の合法的ゆすり屋の介在だ。ただしポーカー・ゲーム的な駆け引きが必要なので、攻撃側には長期にわたる実弾の補給能力、応戦する側には最終買い戻し価額に見合った企業資産が前提になる。相手方の能力はともかく、何かとんでもない誤解からオメガノンが過大評価されたらしいことは、昵懇《じっこん》にしていた業界紙の記者もすんなりと同意してくれた。業務内容を見たって、とうてい仕手株あつかいを受ける柄じゃない。かなり特殊な生薬の原料輸入が中心で、しぜん顧客も安定しているかわりに限られている。東南アジアや中南米産の、昆虫の蛹《さなぎ》の内臓、巨大な黴《かび》の胞子、人面ひとで、七色百足《むかで》の爪の粉、深海魚の顎につくミミズほどもある寄生虫、食用去勢犬の睾丸《こうがん》……つまりはほとんど実効が認められない催淫《さいいん》剤の類《たぐい》ばかりだ。

しかし座視して待つというわけにもいかず、社長が私財をなげうってでも防戦に打って出る構えを見せた。その挑発がかえって火に油をそそぐ結果になったのかもしれない。株価は二次曲線をえがいてなおも急上昇を続けた。あいにく交渉相手はいっこうに影をちらつかせる気配もみせず、そのまま会社側の備蓄も底をつく。株価はいっきょに暴落に転じ、幕切れは型どおりの破産宣告の場。

弱小の会社にとって、こうした経緯は夜半の流星なみにありふれた日常茶飯事にすぎない。いずれ内部情報に詳しいものが仕組んだ計画倒産に決まっているさ。泣きをみるのは欲にまみれた相場師と、ごく少数の運の悪い犠牲者だけで、仕掛け人はたんまり懐《ふところ》を肥やすのだ。同情は無用、暴力団がらみの競馬や野球などの八百長に較《くら》べると、はるかに合法的だし、頭脳的でさえある。

それにしても手際《てぎわ》がよすぎた。かなり際どい、違反すれすれのトリックが使われたのかもしれない。ある業界紙の記者が小判鮫《こばんざめ》の習性で、ただ手口の巧妙さに首を傾げる者もいないではなかった。たとえばある業界紙の記者。あわよくば強請《ゆす》りのネタを手に入れて、多少はおこぼれにあずかろうという魂胆。どう計算したってこの株の上げ巾は大きすぎる。普通の仕手株の枠を越えている。記者はオメガノン元幹部の身辺を執拗《しつよう》に嗅《か》ぎまわりはじめた。普通ならこの神経戦だけでも辟易《へきえき》して、金一封也《なり》を包んでよこすのが常識なのだ。ところが金一封のかわりに、とんでもない面倒を背負わされることになる。元社長が飛び込み自殺をしでかしたのだ。

罪状の発覚におびえたのだろうか？　記者は自責の念にかられ、べつに罪状の発覚を恐れたわけではなく、むしろ元社長の無実をろ問題なのは、経営陣側に一人として疚《やま》しさを感じている者がいなかったことだろう。最初は疑心暗鬼で、互いに腹の探り合いを重ねていたが、社長の飛び込み自殺ですべてが　　しかしよく考えてみれば、警察が動き出しているわけでもないのに、たんまり稼いだはずの悪党が、業界紙の記者の追及くらいで自殺するわけがない。記者はもちろん、内心疑心暗鬼だった常務二人も、途方に暮れるしかなかったわけだ。

有望な新規　　新製品　　バイオ関連商品
　業界紙の記者が周囲を嗅ぎまわり

業界紙に老人病学会で発表された　　納豆菌から分離精製した『ネバリノン』なる物質が、特許申請され、話題になっていると
どうしても詳細を知りたければ、一昨年九月十三日の朝刊に当たってみてほしい。

倒産後、オメガノン製薬の株券その他の紙屑《かみくず》のなかから、管財人も気付かぬうちに一通の書類が消えていた。それが問題の67Bの会員権だったというわけだ。ほかにも姿をくらましたものがあった。庶務課長とその秘書である。すでに倒産した後だったし、わざわざ二人の失踪《しっそう》に注目したものはいなかったようだ。こういう場合、一般社員に退職金でごねられたりするよりは、いさぎよく消えてもらったほうがずっと有り難い。社長はもちろん幹部たちも一人として庶務課長とその秘書の正体に気付いたものはいなかったのだ。株の暴騰が業界紙に流された怪情報

幹部は誰一人、『兜町《かぶとちょう》を震撼《しんかん》させた三日間』くらいの見出しを期待していたのかもしれないが、犯罪と虚栄を一つ皿に盛るわけにはいかないのだ。

当の課長の氏名は、剣呑悠優……笑ってはいけない、これも一度耳にしたら忘れ

ようがない、名刺節約型の仲間である。それから半月後、彼は氷雨発酵研の事務局長として再登場する。秘書にはそのまま小文字並子を伴っていたと言えば、それ以上の説明は蛇足というべきだろう。

ヘッドホーンをつけた小文字の素足の間で、無線機のチューニング・ランプがゆらいでいる。発光ダイオードの冷ややかな緑。

緑色を人間関係に当てはめれば、憎悪《ぞうお》、もしくは嫌悪の感情。だから最近、子供たちの間で流行《はや》っている怪物人形は、たいてい緑色だ。そういえばSF映画に出てくる宇宙人にも緑色が多い。植物だと色が好まれるのに、緑色の動物は不気味である。いま彼女が思い浮かべている剣呑悠優のイメージには、いつにない緑っぽさが感じられる。なぜだろう？　もともと好意は彼女からの報告を受けるためにそろそろ起きはじめる頃だろう。

たしかに剣呑悠優の才能には、目を見張るものがある。華麗な知能犯の首謀者として、一目置くのにやぶさかでない。だが67B傍受の担当者として、小文字並子にもそれなりのプライドがあった。早口の専門英語を聞き分け、とっさに情報としての価値を判別し、速記用のワープロに叩《たた》きこむ。勘と熟練と知識の三拍子が揃《そろ》って、はじめて一人前になれるのだ。剣呑の見事な才能にしたって、その彼女の協力があってはじめて花開くことができるのだ。たしかに給料は悪くない。しかし単なる使用人扱いは言語道断だと思う……協力者でもまだ不十分……何かもっと適切な表現があったはずだ、なんと言ったっけ、そう、共同経営者……儲《もう》けの折半を要求したって、要求し過ぎということはあり得ない。

氷雨発酵研の設立を餌に（失礼）、葡萄栽培農家から出資を募ったときも、説得のための看板に掲げた納豆菌製剤に、『ナットノン』という商標登録ものの命名をしたのも、またこの研究の将来性についての売り込み用文案を作成したのも、彼女自身だったのだ。

夢いっぱい「ねば」は世界語になった

「ねば」は納豆菌によって変形された、大豆蛋白《たんぱく》独特の高分子である。最近「ねば」酵素の不飽和脂肪酸にたいする分解機能、ならびに顕著な制癌《せいがん》作用が専門家のあいだで注目されはじめた。さいわいわが発酵研グループは、長年「ねば」から抽出精製した『ナットノン』の研究によって、世界の研究者に一歩先んじている。製品化への最短距離にあることを、出資者各位にご報告できることを……

もっとも剣呑の存在を全面的に憎悪し、嫌悪していると言うわけではない。いま以上の生活がありうるのに、剣呑のせいでその可能性が奪われたと考えるには、すでに少女時代を遠く通過してしまった。女心をときめかせるほどの容姿からはかけ離れているが、目鼻立ちも、手足のバランスも、とくに不快感をもよおすと言うほどではない。ユーモアもあるし、気配りもあるし、話題も豊富だし、詐欺師《さぎし》としての過剰な自信をのぞけば、かなりの相棒だといえるかもしれない。すくなくも一緒にいるあいだは、

海岸通りの、で、家族と一緒にカタログ雑誌に熱中

セックス　過剰性欲については、彼自身が悩んでいるのだ。

べつに嫉妬《しっと》を感じているわけでもない。

いざとなれば、一挙に形勢を逆転できるのだ。

ヌード写真で、家族に火をつけてやる。

さらに決定的な企業秘密……

試験農園の温室の実態は、ただの廃屋にすぎない。

さまざまな父

第一話　消滅

いつもどおり四時十分に学校から戻ると、父が先に帰宅していた。珍しいことだ。ふつう父の帰宅は五時二十分にきまっている。父の行動は呆《あき》れるほど正確で、起床は午前五時、ドーナッツに鶏の薫製《くんせい》の薄切りを添え、ブラックのままでコーヒーを飲みながら新聞を読む。短身を補うために特注した踵《かかと》の高いコードバンの靴を、念入りに磨き上げる。玄関の把手《とって》に手をかけるのが六時二十五分。

父は極端に寡黙《かもく》で、自分の職業について語ってくれたことがない。ぼくが勝手に鉄道関係だろうと憶測していたのも、その正確すぎる行動様式のせいだろうと思う。腕時計、懐中時計、小型置時計と、常時三個以上の時計を身につけ、毎朝ラジオの時報にあわせるのが習慣だ。日に三秒以上狂うと機嫌がわるくなる。

そんなわけで、その日の父の早い帰宅は、ぼくをかなりまごつかせた。

「どうしたの？」

「いいからそこに掛けなさい、話がある」

まず三つの時計の埃《ほこり》を丹念に拭《ぬぐ》いとり、つぎにポケットから一握りの小石をつかみだして、テーブルの端に順にならべ、その一つ一つに赤鉛筆で番号をふっていく。小石は通勤の途中、道端で拾ったものらしい。目的はいまだに分からない。でもぼくは分からないことに慣れていた。

玄関で郵便受けのバネが鳴った。

「夕刊だろ」

父の声や表情に、いつものような邪険な調子がほとんど見られない。つい浮きうきした足取りで玄関に走った。

テーブルから小石の列が消えていた。かわりに父が通勤鞄《かばん》からビールと駅弁ふうの折り詰めを二個とりだす。

「ご飯、まだだったの？」

「今夜はちょっぴり折り入った相談事があるし……」夕刊をひろげ、御自慢の七徳ナイフでビールの栓をぬく。食器棚からコップを二つ取り出し、「付き合うかい？」

「いや、昆布茶《こぶちゃ》でいいよ」

「うん、昆布茶は身長がのびるらしい」

「この弁当、いつもよりでかいみたいだね」

母がいなくなってから、夕食はいつも父が持ち帰る折り詰めだ。もう随分になる。死んだのか、家出したのかもはっきりしない。一度父にたずねてみたことがある。はじめて殴られた。翌朝まで鼓膜が鳴りつづけるほどの張り手だった。

「トンカツの臭《にお》いがするね」

「開けてごらんよ」

「ちゃんとサクランボもはいっているぞ」

父は夕刊に目を走らせながら、最初の一杯を一気にあおった。ぼくは口紅色のサクランボを丸めた舌でおしつぶす。めずらしく邪険でない父の存在自体に心をはずませた。父は新聞の第一面をすばやく斜め読みすると、次に死亡記事欄に目をとおす。とりわけ病名と年齢の関連に関心があるらしい。

新聞をたたみ、二杯めのビールを注《つ》ぎ足して、上目使いにぼくの手元を凝視した。眼瞼《まぶた》が不気味に白っぽい。気を許すのが早すぎたかな。急いでトンカツの残りをほおばった。

「さて、話というのは……」分厚い唇に、舌先をはしらせ、口ごもりながら、「実は、信じられないような話なんだ、つまり、嘘《うそ》かもしれない、しかし絶対に嘘だという根拠もない、パパとしても半信半疑なのさ。まあ、嘘でもともと、本当だとしたら……なんと言うか……いいんだよ、遠慮せずに食べてしまいなさい」

ビールをのみほし、腰をあげた。立って袋戸棚から、道具箱を持ち出してきた。

むしろガラクタ箱というべきかな。模型の部品、釣りのリール、彫金用の小型金槌《かなづち》、銃の薬莢《やっきょう》、注射針、その他わけの分からない変なものばかり……例の小石はまたべつの箱だ。そういえば巣をつくるためにガラクタを収集する鳥がいたっけ。父も似たような衝動の持ち主なのかもしれない。

「食べないの？」

「じつは……ちょっと覚悟がいる話なんだ」ガラクタ箱の隅から、ひどく古風な厚紙細工の小箱をふたつ取り出して、「この箱、一つはパパが取って、もう一つはおまえにあげよう。十年以上むかし、ある骨董屋《こっとうや》からポーカーでまきあげた薬なんだけどね」

「くすり？」

「今風にいえば、超能力の薬かな……一つは透明人間になる薬、もう一つは宙を飛べる薬……おまえだったら、どっちがいい？」

「いきなりそんなこと言われたって」

「聞いてみただけさ、希望しても無駄、あてずっぽに選ぶしかないんだよ。印を付けておいたつもりだけど、色が褪《あ》せて判《わか》らなくなってしまってね」

「もし本当なら、すごいじゃないか、どっちにしても……」

「いくら考えてみたって、どうにもならない。優先権はおまえに譲るよ」

「なぜ?」

「汚い手をつかったと思われたくないからさ」

「じゃ、こっちにする」

「やけに決断がはやいんだな」

「だって、いんちきかもしれないんだろ」

「まあね、とにかく開けてみなさい」

中身は両方とも小指の先ほどのガラス瓶だった。似たような黒い粉がはいっている。よく見ると、多少の違いはあり、ぼくの選んだほうが雲母《うんも》をまぜたような艶《つや》があった。

「でも何故《なぜ》ぼくにくれるの？　両方ともパパが欲しいんだろ」

「そりゃ欲しいさ。でも、親子だろ。これまで父親らしいことは、なに一つしてやれなかったし……まあ、罪滅《ほろぼ》しかな」

「それで、飲むとしたら、いつにする？」

「すぐでもいいさ」

「毒じゃないだろうね」

「だから早めに帰ってきたんじゃないか、病院があいている間のほうが安心だろ。それにもちろん、パパが先に飲んでみせるつもりさ」

「なぜそんなに急に思い立ったの？」

「今日が解禁日だからさ。この薬、前の持ち主の骨董屋の話によると、製造してから百年と三日たった最初の満月の日から効き目が現れるらしい……その満月が、ちょうど昨日だったのさ」

「信じられない……」

「うん、信じられない。でも、まあ試したっていいだろ。うまくいけば、これで貧乏暮らしともお別れだぞ」

「なぜ？」

「なぜって……いろいろと、工夫次第じゃないか……頭をつかうんだよ、頭を……それじゃ責任上、パパが先に挑戦してみるからね」父は新聞についていたアート紙の広告の角を千切って、楊枝《ようじ》の先でガラス瓶の中身を掻《か》きだした。一気に舌の奥にほうりこみ、残ったビールで飲みくだした。「様子が変になったら、すぐに一一九番、たのむよ」

すごい勇気だ。ぼくは父を見直していた。

「借金でもしているの？」

「かなりね」

しばらく二人は息をころして見詰め合った。

透明人間になるのだろうか、空中を漂いはじめるのだろうか。それとも全身を痙《けい》攣《れん》させて、昏倒《こんとう》してしまうのだろうか。

父は深呼吸をくりかえし、自分で脈をかぞえつづける。とくに変化はあらわれない。

「どんなふう?」

「べつに……」

答えたとたん、いきなり変化があらわれた。まず時計だけを残して、手首から先が消えたのだ。袖口《そでぐち》に黒い穴があいている。

「ほら、手が消えた」

「透明人間のほうだったらしいな」歯が鳴っている。当然だろう。時計を外し、テーブルに置く。「不便だな、うっかり時計もつけられないんだ」

「顔も髪の毛も透明になった。いま、笑ったの?」

「そんな余裕、あるわけないだろ」

「奥歯の金冠がみえたよ」

「気をつけよう。おまえ、震えているのかい？」

「自分だって……」

「もとに戻る方法はあるのかな。透明人間の映画、最後はどうなるんだっけ？」

「雪のなかを逃げようとして、足跡を残して発見されてしまうのさ」

「そして、射殺か。参ったな」

「でもあれは映画だから……」

「気休めはよせ。でもまあ諦《あきら》めずに、研究はしてみるけどね」

「パパは、空中遊泳のほうがよかったのかい？」

「泣き言はよそう……これ、どんなふうに見えるのかな？」

弁当の箸《はし》が宙に浮き、折り詰めの隅の沢庵《たくあん》がはさまれ、蛾《が》のように舞い上がった。噛《か》み砕かれ、食道めがけて落ちていく。

「沢庵が咀嚼《そしゃく》されるのは見えたけど……シャツも脱いでみたら……」

「そうだな」

　ワイシャツのボタンがはずされ、床に落ち、アンダーシャツがめくれあがった。上半身がすっかり透明になってしまう。臍《へそ》の緒に似た影が、中心部分でゆっくり回転しつづけている。消化しはじめた沢庵なのだろう。拡散し、やがて十二指腸にむかって霧散していった。

「消化してしまうまでに、ちょっと時間がかかるみたいだよ」

「気味が悪いんだろ」

「べつに」

「正直な意見を聞かせてほしいな」

「嘘なんか言っていないよ」

　父はベルトをはずし、ズボンをずり落ちるにまかせた。パンツをぬぎ、完全に消滅してしまった。ぼくは居場所を探ろうとして、宙に目を据え、耳をそばだてる。

「こうなると、立場上有利なのは、どっちかな。パパか、それとも、おまえか……」

父の息遣いが消え、気配も遠ざかる。しばらく沈黙が続いた。背中をゲジゲジがはいまわる感じ……

「よせよ、風邪ひくぞ」

「降参らしいな」

「喧嘩《けんか》する気なんかないよ」

「まあね」

ふたたび沈黙。言いようのない不安がこみあげてくる。後頭部を爪先ではじかれた。反射的に振りはらった腕が、ずっしりとした肉塊をうちすえる。

「乱暴はよせ。喧嘩する気なんかないと言ったのはおまえだぞ」

「たのむよパパ、降参するから、なにか目印になるものをつけてくれないか」

「こういう情況なら、パパのほうが有利らしい」

かすかな笑い。

「そんなふうに喋《しゃべ》っていてくれると、まだ安心だよ」

腋《わき》の下をくすぐられた。ぼくの泣き所だ。叫んで椅子《いす》から落ちそうになる。

「なるほど、うまく活用すればパパの存在自体が凶器らしいな。明日、裏にスポンジを張ったスリッパを買うとしよう」

「駄目さ、スリッパは見えるんだよ」

「なるほど、それもそうだな……」

「とりあえず、弁当たべてしまったら？　カツは冷めるとまずくなる。昆布茶いれてあげようか」

「まだビールが残っている」

テーブルからビール瓶が浮きあがった。傾いて、コップにそそがれる。飲む動作。口の位置が分かる。口の位置が分かると、顔の形まで見えてくる。不規則な輪郭の動く壺《つぼ》のなかで、発泡しながら飴色《あめいろ》の液が食道に流れ落ちる。沢庵よりはなめらかに流れ、消えるのも早い。ふいにカツが嚙み切られる。激しい咀嚼運動が開始される。やはり生物なんだという、不気味な感慨。追いかけて流れるビール。めまぐるしい攪拌《かくはん》。

「えらく熱心じゃないか」不明瞭《ふめいりょう》な父の声。「そんなに面白いか？」

「いちいち納得させられるんだ、教育テレビなみだよ」

「よせよ、見せ物じゃないんだ」

「すぐに慣れるよ。でも人前で食事はしないほうがいいと思うな」

キャベツの千切りが咀嚼され、薄く口腔の形をなぞったソースの膜がビールで洗い流され、食事が終了した。

「動く人体模型ってとこかな」

「まあね」

深く微《かす》かに鼻をすする音。

「油断は命取りだ、気をつけるよ」

「ぼくも注意するから、気をおとさないで……いいことだってあるさ」

短い沈黙。ドアが開いた。その不意打ちに全身の毛穴がひらく。風の気配。

「トイレに行ってくる」

「お願いだから、おどかさないでよ」

「いまに慣れるさ」

そう言われても、簡単には馴《な》れそうにない。監視がつづいているようで、落ち着けない。

トイレの水洗の音。しばらくして、台所脇《わき》の戸棚を開閉するきしみ。やがて半開きのままのドアから電気ストーブが高さ一メートルほどのところを浮遊してきた。腰板のコンセントにソケットが差し込まれる。スイッチが入った。

「まだストーブの季節じゃないよ」

「パパは裸なんだぞ」

「なにか着たらいいじゃないか」

「いちいち干渉するなって、はやいとこ裸に慣れてしまいたいんだ」

「夏場はいいだろうけど、これからだんだん寒くなるんだ、いろいろとまずいんじゃないの」

「おまえはどうする」

「何を？」

「薬さ。そろそろ試してみてもいいんじゃないか」

「いや、もうちょっと考えてからにするよ」

「なぜ」

「パパだって後悔してるんだろ」

「馬鹿《ばか》いうな、感激だよ」

「空を飛ぶと言っても、いろんな飛び方があるからね。体重が消えて気球みたいに浮かぶだけか、飛行機みたいに空気抵抗を利用するのか、魚みたいに泳ぐのか……」

「パパの場合とはわけが違うだろ、元に戻ろうとすれば、重い靴を履けばそれで解決だ。人の善意を無駄にするのはよくないぞ」

「そう言うわけじゃない、もっとよく考えてみたいだけだよ」

「飛ぶ人間と、透明人間がうまく手をくんだら、天下無敵じゃないか」

返事をせずに黙っていると、父も口をつぐんだまま、じっと息をこらしつづける。テーブルの上に置きっぱなしになっていた、ぼくのガラス瓶が、さりげなく転がりはじめた。跳びあがり、蝶を捕らえるときの素早さで手をふせた。握り込んで、ズボンのポケットの底にねじ込んだ。

「けっこう未練があるみたいじゃないか」

すぐ左の耳元で父の乾いた声。ハッカ飴の淡い香り。

「やめてくれったら、そんなにそばに寄るの……」

右の耳をつまんで、含み笑い。

「だったら、さっさと借りを返すんだな」

その手を払いのけ、

「借り？」

「いいかげんに、薬を舐《な》めてみせてくれってこと」

「駄目だって言っているだろ。じっくり落ち着いて検討してみたいんだ」

正面で疲労と苛立《いらだ》ちをこねあわせたような、重い溜《た》め息。つづいてかなり長めの間。無理に息をひそめていないので、相手の居場所もほぼ確認できる。ぼくは腰をあげ、台所にいって水を飲んだ。それから便座に座り、ドアをロックして、トイレット・ペーパーのロールを抜き、中に例の薬瓶を落とし込む。どうだ、ふいの思いつきにしては、おれもけっこう冴《さ》えているじゃないか。

アイスクリームと匙《さじ》をもって居間にもどる。

「欲しい？」

「けっこう。それより、薬、どこに隠したんだ。困るな、そこまで深追いするつもりはないよ。いま必要なのは、とにかくまず信頼関係じゃないかな」

アイスクリームを舐めた。季節を問わず、食後には氷菓の類《たぐい》が欠かせない。何もないときには製氷皿の氷に砂糖をまぶして嚙《かじ》ったりするほどだ。

「明日は、どうする？　やはり勤めに出るの？」

「いや、しばらく様子をみてからにしよう」

「でも明日は、掃除のおばさんがくる日だよ」

「平気さ、じっとしているよ、どうせ一時間くらいだろ」

「なんならぼくも学校休んであげようか」

「だいじょうぶ、まかせておけって……いまパパに必要なのは、あらゆる状況を経験してみることなんだ」

内心ぼくが懸念《けねん》していたことは、そんな一般論ではなかった。週に一度食料の買い出しと、簡単な掃除をしにきてくれる菓子屋の主人の妹は、ぼくでさえ女くささに危険を感じてしまうほどなのだ。いくら透明でも、裸の父と並べて置きたくはなかった。

「だったら、今夜これから、どこか街を一緒に歩いてみようか。手助けできることがあるかもしれないし」

「じつはパパも、そう頼んでみようかと思っていたんだ。助かるよ。百聞は一見にしかずって言うだろ」

「目立たない所はスリッパで歩いて、人目のあるところでは、ぼくがそのスリッパを預かってあげる。万一を考えて、軟膏《なんこう》と消毒液も用意しようか」

「助かるよ」

「明日病院で、破傷風のワクチンしてもらおうよ」

「まさか、こんな体で医者に注射なんかたのめるか」

「それもそうだね」

　ぼくがズックの鞄を持ち、父は裸のままで外に出た。まだ暗くなったばかりで、大通りを走る車はけっこう多い。歩行者はまばらで、バス停までは父も気兼ねなしにスリッパのお世話になることができた。バスがきた。

「最後に乗り込むからね」スリッパを預かりながら、父の所在をさぐり、耳元にささやきかけた。「ぼくの背中にぴったりくっついていて……」

しかしすぐには乗り込めなかった。バスはけっこう込み合っていた。二台やりすごし、三台目にやっと踏ん切った。ぼくの肘《ひじ》に貼《は》りついてくる父の腕が汗ばんでいる。

「大丈夫かい？」

「訓練さ」

駅前の繁華街で降りた。

「上着の裾《すそ》にしっかりつかまって……」

「パチンコ屋だぞ」

「駄目だよ、出来るわけないだろ」

「こうやって眺めてみると、出来ることなんか、ほとんど無さそうだな」

「うんとすいているコーヒー店で、隙《すき》をみてぼくのかわりに飲むくらいかな」

ぼくは父を先導して、店に面した側を注意深く歩いた。湿っぽい風が道いっぱいに吹き抜けた。

「冷えてきたな、雨だろうか」

「そろそろ引き上げる？」

「まあ待てったら」カメラ屋のショーウインドウの前で、上着の裾をつかみ、強く引き止められた。「ほら、あのカメラ、6×6判のでっかいやつ。レンズも性能もいまのところ世界一じゃないかな。それにしても高すぎる、標準レンズつきで特価六十三万円だとさ、いくらドイツ製でも無茶だよな。侮辱を感じるじゃないか……」

父の足元あたりをいやに表情豊かな仔犬《こいぬ》が嗅《か》ぎ回りはじめた。

「嫌な犬だな、行こうよ……」

仔犬が悲鳴をあげて、跳ね上がった。たぶん父が蹴飛《けと》ばしたのだろう。

「くそったれ」

「よせったら！」

通行人が非難がましくぼくを睨《にら》みつける。やむなくしゃがみ込んで、仔犬をなでてやった。すぐに鳴きやんだのはいいが、やたらと人なつっこく、ぼくの手をなめ靴をなめ、離れようとしないのだ。でもときどき思い出したように、父にむかって吠《ほ》えかかる。

「交換レンズまで揃《そろ》えたら、すぐに百万だ」

「うらやましいよ、そんなに欲しい物があるなんて……」

「透明なんだから、気付かれずに店に入っていくことはできる。でもそこまでだな」

「盗むつもり？」

「いくら透明でも、カメラは隠しようがないだろ」

「本当のところ、パパは金持ちなの、貧乏なの？」

「どっちにしても、六十万以上のカメラなんて買う気がしないね」

「なんだか雨になりそうだ」

「行くか……」

ぼくの先導で駅前のバス停に急ぐ。ふたりの間に仔犬がまつわりついて、離れない。

「そうせかすなったら、足の裏に砂利がくいこんだみたいだ」

「いたむ？」

父の足元を見下ろすと、強い街灯に照らされた路面を、足型に切り抜いた古新聞のような影がひらひらと前進をつづけている。足の裏に付着した土埃なのだろう。犬がまつわりつき、父の足の裏がもつれあう。

遠くで雷が鳴り、同時に横殴りの雨になった。

「雨宿りしようよ」

「寒い、風邪をひきそうだ」

「切符売場の軒下がいいかな」

とつぜん肩越しに、中年の女が後ろを覗《のぞ》き込むようにした。

「なんなの、これ……？」

化粧の上手な小柄な女で、袖に手を通さずにウールのコートを肩からはおっている。その驚愕《きょうがく》の目にうながされ、振り向くと、ぼんやり父の姿が宙に浮かんでいた。雨で濡《ぬ》れたせいだろう、薄く全身に油を塗った感じなのだ。

「なんなの、動いているじゃない、はやく追っ払ってよ！」

女がしだいに高く声をはり、拳《こぶし》を固めてぼくの胸を突いた。

「なんでしょう？　なんだか気味の悪いものだな」

ぼくも焦《あせ》った。女が周囲の通行人の注意をうながす前に、なんとかこの場をつくろってしまう必要がある。名案もないまま、ぼくと女をむすぶ線と直角方向に、力いっぱい仔犬を蹴飛ばした。むかしサッカーをやっていた成果か、かすれた悲鳴をあげて見事に飛んでいった白い毛玉。女も一瞬父から目をそらした。

「パパ、いまだ、早く逃げろ！」

女の肩からコートが剝《は》ぎ取られた。宙に舞ったピンクのコートが飴細工の父の上半身をくるんで駆け出していく。

「馬鹿!」

同時に女も父を追って駆け出した。

「泥棒! だれか捕まえてよ!」

線路沿いにひらひら逃走していくコート。その後を叫びながら追いかける女。やっと気付いた十数人が、女の加勢に駆け出していく。行く手にはせまい橋がかかり、下をどぶ川が流れている。

「馬鹿、挟み撃ちだぞ、知らないからな」

小声で父をののしりながら、ぼくが追跡の一団に追い付いたとき、全員が橋の欄干や岸辺から川のなかを覗きこんでいた。川の表面にコートがねっとり貼りついている。

「飛び込んだんですか?」

誰かに聞いてみた。

「ほら、コートの下手で渦巻きながら泡がたっているだろ」

「助けようがないな、この汚水じゃ」

「けっこう深いんですよ」

「でも、昔は鮒《ふな》が釣れたって言うじゃないの」

気のせいか、おずおずと水面が静まりかえった。溺死《できし》したのかな。可哀相《かわいそう》な気もしたが、真相が暴露されるよりは、父のためにもよかったような気がする。

いまぼくが空を飛べるとして、何か父のためにしてやれるだろうか。

遠くから救急車のサイレンの音が近付いてくる。できれば父には、死んでも透明なままでいてほしいものだ。空を見上げる。多少小降りになってきた。駅前に引き返した。あの蹴飛ばした仔犬はどうなったかな？ もし無事でいてくれたら、ぜひとも連れて帰ってやりたいと思った。

第二話　再生

さりげなく駅前に引き返し、事もなげにバスに乗り込んだ。

五つめの停留所で下車、路地に駆け込む。幸い雨は小降りになったが、風が鋭く身にしみる。郵便受けの裏に磁石で固定した容器から鍵《かぎ》を抜き取った。凍えた指先のせいか、玄関の鍵穴を探り当てるのにすっかり手間取ってしまう。

あぶない幸運。パラボラ型の古風な真鍮《しんちゅう》製電気ストーブが、スイッチを入れっぱなしにしたまま床に置きっぱなしになっていた。その前で膝《ひざ》を抱えこみ、毛布を羽織り、体表面をゼロに近付ける。濡れた頭皮をタオルの端で力まかせに摩擦した。耳朶が火照《ほて》り、痒《かゆ》くなってきた。

父はどうなったのだろう？　無事あのどぶ川を脱出できたのか、それともヘドロに溺《おぼ》れて死んでしまったのか？

「まずいよ、まずいよ、絶対にまずい……」

湿った靴下を脱いでストーブにかざす。酢で煮しめた魚の内臓の臭い……いい断っておきますが、父に死なれて独りになることを恐れていたわけではない。いまさら孤独なんか慣れっこさ。あんなやついないほうがずっと気楽だし、解放感もある。ぼくが父の正体に疑念を感じはじめたのは、ずっと以前のことである。

たしか小学生になりたてのころだったと思う。父がぼくを誘ってくれた。

「映画に連れていってやろうか」

「どこに？」

「言っただろ、映画だよ」

「そんなこと、嘘だよね」

「素直じゃないな。そんな嘘ついてなんになる。嫌ならいいよ、おまえは根性が捩《ね》じれているんだ」

「嫌じゃない！」悲鳴に近かった。「行きたいよ。嬉《うれ》しすぎたんだ」

「よろしい、もっと素直になるんだな」

「なんの映画？」

「キング・コングさ、評判なんだろ」

「いつ？」

「なにが」

「映画見にいくの……」

「行くんなら、次の回に間に合うほうがいいだろう」

さっそく父が支度にかかる。コードバンの靴に、唾《つば》を吐き付けてみがく。傘立てから銀の把手がついたステッキをとり、色が分からなくなったネルの雑巾《ぞうきん》でひと拭《ふ》きする。最近手にいれたドイツのカメラを左肩にかけ、しかしフィルムを入れた様子はなかった。鏡のまえで髭《ひげ》をそろえ、かるく小鋏《こばさみ》を当てた。

ぼくには支度も準備も必要がない。鼻をかんだ。キング・コングに誘ってくれた父が誇らしく、その高揚した気分が涙腺《るいせん》をわななかせたらしい。

バスと郊外電車を乗り継いで、映画館のある街に出た。

古風で、なんとなく猥雑《わいざつ》な大正感覚の建物だ。大きな四つ辻にむかって玄関があり、モルタル塗りのアーチをはさんで、出入り口が二つに別れている。

「ここで待っていなさい」

父が切符売場で券を買っている。ぼくを指差し、児童用の割引を注文しているようだ。ちょっとしたやりとり。父が指を立ててぼくを呼んだ。前回の客があふれだして来るところだった。流れにさからって、父のそばに駆け寄る。ぼくに券を握らせ、強く奥に押しやった。なぜか父は一緒に来ようとしない。アーチを回って反対側に行こうとしているようだ。

「パパ、どこに行くの」

父は腹立たしげに、ぼくを睨み、手を振った。

「パパ、お願い、置いて行かないで！」

べつに騒ぐほどのことはなかったのだ。二つの出入口は入ってすぐのところで一緒になっていた。ぐんぐん前進していく父の後ろ姿が見分けられた。ぼくは平行した別の通路をかき分け、かろうじて追い付けた。

「どこかその辺でいいだろ」

かなり離れた席を指さした父の眉間《みけん》に、怒りが漲《みなぎ》り、血の気がひいている。言われたとおりにするしかなかった。

父がなぜあんなに強くぼくを拒絶したのか、よく分からない。

映画館を出るときも一緒に歩くのを嫌がった。出口でなにかカードのようなものを示してるのに気づいた。ぼくに対する拒絶となにか関係あるものだろうか。

「ぼく、邪魔になった？」

「そう甘えることはないだろ」

ホームの端までいって、やっと機嫌をなおし、父が忍び笑いをもらしながら例のカードをちらつかせた。

「なんだ、パパ警官だったの」

「馬鹿、借り物だよ。でも気分のいい物だな……」

あれ以来ぼくは父の裏切りを許していない。

あの裏切りを思い出すたびに、ぼくは狭い出窓のガラスとカーテンの間にじっと身をひそめることにしている。やがて巨大な怪鳥になって飛び立ち、超低空飛行で住宅街の屋根すれすれに飛翔《ひしょう》しながら通行人をつぎつぎ殺してまわるのだ。べつに血まみれの阿鼻叫喚を望んでいるわけではなく、むしろ死にたえた無人の街にたいする嗜好《しこう》らしい。孤独な独裁者の願望に似ているのかな。結局、抽象的なゲーム感覚に近いものだろう。しだいに無人地帯がひろがっていく。何処《どこ》かに潜んでいるはずの誰か(たぶん少女のフライデー)と出会うまで、ぼくは際限のない殺戮《さつりく》にひたるのだ。やがて完全な無人の静寂。つづいて螺旋《らせん》状の眠りへ墜落を開始する。

奇妙な話もあったものさ。父から提供された薬のおかげで、ぼくの飛翔願望がついに実現しそうじゃないか。でも出来ればこっそり飛びたい。父にも内緒で飛ぶことにしたい。どうせあいつは恩着せがましく、ぼくを利用しようとするに決まっているんだ。おことわりだね。だからあいつが溺れ死んだことを確認でき次第、さっそくにでも挑戦してみたいとは思うけど……

でも一文無しはごめんだよ。こんな結末になると知っていたら、預金先の銀行名くらいはしっかり聞き出しておくべきだった。こういう肝心なときにかぎって、へまをしでかすんだ。あの抜け目ない父が、どこを預金通帳の隠し場所にえらんだのか、今後しばらくは発見にてこずらされることだろう。

窓ガラスにそって、重い土木工事用キャンバスを引きずって走る音。

あいつ、戻ってきたのかな？　五感を耳に集中し、おろおろとテーブルの回りを一周する。まあいいさ、預金通帳の隠し場所を聞き出すのにはいいチャンスじゃないか。

待てよ、あいつ泳げたんだっけ？ 思いだせない。泳げないという話を聞いた記憶もないが、泳げるという話も聞いた覚えがない。見栄っぱりの父が、泳げないぼくに一度も水泳を話題にしなかったのだから、たぶん泳げなかったと見なすべきじゃないかな。

もっとも多少泳げるくらいでは、あの汁粉なみの粘性をもったヘドロからの脱出は無理だろう。泳ぎが達者な水鳥でさえ、タンカーから漏れた重油の膜にくるまれれば、みじめなもがき死にを待つだけなのだ。父もあのどぶ川のなかで、凍死寸前になっているのだろうか。仮に運よく這《は》い出せたとしても、そこから先の筋書はもっとひどいものになるはずだ。寒さにうごめいている、半透明の粘土細工の裸像。驚愕している救急隊員の追跡。野次馬の包囲網。嫌悪感《けんおかん》を殺して手錠をかける警官。朝刊に間に合わせようとして電話ボックスに走る新聞記者。頭のなかでにんまり踊っている大見出し。

『宇宙人の出現！』

照明のスイッチを強にする。一本だった蛍光燈が、三本になった。しのび足で廊下をわたる。台所の前が風呂とトイレ。その奥が父の寝室をかねた私室で、さらにその奥が写真現像用の暗室になっている。劇薬があるからと言うので、ふだんは鍵をかけっぱなしだ。いずれ捜索はしてみるつもりだが、つねに湿度が高く、預金通帳の隠し場所としてもあまりふさわしいとは言い難い。怪しいのはむしろ寝室じゃないかな。息をころして父の部屋のドアの前に立つ。戻ってきている気配はない。さすがに覗いてみる勇気もない。トイレに寄って、小便をすませた。よほど陰茎が萎縮《いしゅく》したらしく、排尿に時間がかかった。冷蔵庫の製氷室からアイス・ミルクを二本とりだし、居間に引き返す。

一本目は三口半で嚙り終え、二本目はティッシュペーパーを顎《あご》の下にあてがって、ゆっくりとしゃぶった。臍の周囲の感覚がなくなった。

第三話　執念

焚《た》き火にかけた濡れ毛布の臭い。つづいてサイダー瓶の破片を思わせる透明なしずく。このミント飴の匂《にお》いは父が禁煙のために身につけた新しい習慣だ。

「パパ、無事だったのかい？」深呼吸を繰り返し、弾む心臓をなだめてやる。できるだけ明るい調子で呼び掛けてみる。「いるんなら、返事くらいしてくれたっていいだろ。いますぐ、風呂をわかすよ……」

テーブルの上の卓上ライターの炎がはじけ、すぐに消えた。歯を食いしばって、悲鳴をこらえる。遠ざかっていく摺り足。つづいて父の寝室のドアの開閉。あえぐ心臓。透明人間がこんなに不気味なものだとは想像もしなかったよ。

三十分ほどして、外出用の身支度をととのえた父が戻ってきた。目出し帽に、サングラス。バーバリらしいダブルのレインコート。ゴムの半長靴。革の手袋……

「無事だったんだね」

「ちょっと出掛けたいところがあるんだ。いっしょに来るかい？」

時計を見た。二時三十四分だ。

「まだ夜更《よふ》けじゃないか」

「ちがう、夜明けだよ」

「出掛けるのなら、金をおいていってほしいな。今日は《ケーキ屋のおねえ》が手伝いに来る日だし……」

言葉にならない、うめき声……。父が手袋を脱ぎ、袖口が輪切りにした生烏賊《なまいか》になる。コートのボタンを外し、内ポケットから財布をとりだす。切り裂いた銅像みたいに、穴があく。財布から一万円札が扇子をひらく感じでせりだしてきた。

一万、二万、三万、四万……

「ぼくの弁当代は？」

「わかっているよ」

もう一枚追加して、計五枚。卓上ライターを文鎮がわりにする。

「さあ、出掛けるぞ」

「こんな時間に、屋台の飲み屋だって暖簾《のれん》をたたんでいるよ」

「嫌なら無理にとは言わないよ」

「本当にいいのかい？」

右手の手袋をはめ、父は無言で先に立つ。雨はあがっていた。月も星もない暗い夜だ。裏通りを直進し、ケーキ屋の裏手に出る。煉瓦《れんが》積みの作業場があり、その裏手に小型の古墳を思わせる土饅頭《どまんじゅう》がみえた。一部が切り取られ、鉄の扉がはめこまれている。扉にはただ『研究所』とだけ、簡単な手書きの標識が貼ってある。錆《さび》だらけの蝶番《ちょうつがい》がきしみ、扉が開いた。スイッチを入れると、蛍光燈が順不同で点灯する。中央に長いテーブル。なにかの実験室らしい。テーブルの中ほどに、琺瑯引《ほうろうびき》の皿。底にはパラフィンが厚めに流しこまれている。これでケーキの台を作るのかな？

壁の大型冷蔵庫から父が取り出したのは、一羽の兎《うさぎ》だった。父が両手の手袋を脱ぎ、透明になった手に注射器をつかむ。アンプルをカットして、無色の液を吸引する。鮮やかな（しかし見えない）手さばきで耳の静脈に針が打ち込まれる。なるほど、これは小動物用の解剖台だったのだ。

つづいて剃刀《かみそり》がなめらかに踊り、ピンクの腹がさわやかに剃《そ》り上げられた。宙を蹴りつづけていた脚が、動かなくなる。メスが裸の腹の上を滑らかにすべった。あふれだした血が、父の指の形をなぞって流れた。

真鍮製の容器からストローが二本とり出された。一本をぼくに差し出し、

「付き合うかい？」

研究所に立ち寄ってから、はじめて掛けてくれた言葉だ。はっきり意味が分から

ないので、肯定も否定もできないでいると、父がさっさと目出し帽の下からストローをくわえ、兎の腹から直接生血を吸いはじめる。透明な下顎に血がたまり、ゆっくり渦を巻きながら食道に流れ落ちていく。

鉄扉に体当たりして、外に駆け出す。父が笑った。五時十二分。吐きながら走った。

ケーキ屋はあの血をまるめて、装飾用のさくらんぼを作っているのだろうか?

第四話　誘惑

はじけるバネの音で目を覚ました。

どんな段取でそうなったのか、はっきりしないが、とにかくちゃんと着替えもせずに、折畳みベッドに潜りこんでいた。腕時計の針は、十時五十分。ひどく寝過ごしてしまったものだ、また遅刻だよ。

《ケーキ屋のおねえ》の鼻歌が聞こえた。音程が狂いすぎているので、鼻歌というよりうめき声だ。柔らかな足音が、居間の外を通り過ぎ、台所にむかう。鼻歌がやみ、冷蔵庫のドアの開閉。電子レンジだけで調理できる、冷凍食品の類。自家製のシュークリーム、アイス・ミルク、それぞれ一ダースずつ。慌《あわ》てて寝返りをうつ。

容赦ない感覚で勃起《ぼっき》がはじまったのだ。かなり前、風邪をひいて学校を休んだ日、冷蔵庫の前で彼女に立ちはだかられたことがある。寝覚めはとかく勃起しがちなものだ。すれちがいざま、彼女の指が股間《こかん》に潜り込んできた。しのび笑い……そして射精……

待てよ、ぼくはジュゴンの皮下脂肪にラードを追加したような《おねえ》に性を感じたことは一度もない。顔も体もぶよぶよし過ぎている。でも父にはどうだろう。あんがい気が合っているのかもしれないぞ。毎水曜日、一旦《いったん》出掛けたふりをして引き返し、《おねえ》との密会を堪能《たんのう》している父。可能性がなくもない。あの兎のジュースだって、性の高揚のための儀式かもしれないし……いや、あれはただの夢さ、現実にしては生なましすぎるよ。結局あいつは溺れ死んだのさ。

待てよ、それとも奥の寝室で寝たふりをしながら彼女を待ち受けているのかな。だとしたらひどく間の悪いことになりそうだぞ。

ゆっくり起き上がった。ベッドからただようぼくの体重の残響。かまうものか、テーブルの上の五万円から一枚抜き取って、ズボンのポケットにねじ込んだ。数秒待って、奥の気配をうかがう。不自然な静寂。黙って外に出た。

第五話　自尊心

たしかに父は生きているようだ。

時折ミント飴の匂いが濃くなったり、弱くなったりする。

衝突しかけたこともある。

何度か声を耳にしたこともある。

「じらすのもいい加減にしろよ！」

「何を？」

「薬さ」

「嫌だね」

飲む気がまったくなかったわけではない。でも父の監視を受けながらでは、御免だね。試すときには独りでいたかった。でも相手は透明人間だ。いるのかいないのか、見極めるのは難しい。

ぼくは仕方なく学校に通い、偽《にせ》家族のふりを続けた。とくに水曜日には外出するように努めた。《ケーキ屋のおねえ》はしだいに父の不在に慣れ、容認するようになった。ぼくを誘うのも控えめになった。

あるとき毛布を頭からかぶり、テントの宿借りみたいになって這い回っている父を見たことがある。軽く蹴とばしてやった。毛布の殼を脱ぎ捨てて、咳込《せきこ》みながら逃げさった。可哀相な気もした。

《ケーキ屋のおねえ》の哀れみも、さらに深く親身なものになっていったようだ。週一度の手伝いが、やがて毎日の通勤になった。食事も彼女がつくり、ふたりはひっそりと奥の寝室で食べているようだ。いずれ結婚する可能性だってなくはないだろう。有り難いことに、妙な三角関係にだけはならずに済まされそうである。

「いいんだよ、結婚したって。水をさしたりするつもりはないから……」

返事はなかった。

やがていたたまれない鬱陶《うっとう》しさ。なんとか独りになれる方法はないものだろうか。ある日、とつぜん名案がうかんだ。もう何年も前のことだが、父が玄関の上がりかまちに財布を落として出掛けてしまったことがある。こっそりなかを覗いてみた。案のじょう秘密をしのばせていた。写真とコンドームだ。コンドームは派手な模様入りの緑色で、写真は角がすり減ってしまった名刺判のポルノ写真、モデルはふっくらした西洋人で、薄く微笑しながら大股《おおまた》をひらいている。ぼくは財布ごと父の洋服簞笥《だんす》の隅に戻しておいた。いかにも偶然の落とし物らしく装《よそお》って。翌朝には消えていた。数日間父の態度に変化が見られたようである。よほど自尊心を傷つけられたらしい。もし父が今でも携帯していてくれたら、思ったより簡単に締め上げられそうに思う。

うまくいった。ポルノ写真と緑色のコンドーム。いまさら持ち歩くこともないのだろうが、いったん身についてしまった習慣は、容易に消えるものではないらしい。それにしても透明人間が緑色のコンドームをつけている光景を想像してみてほしい、これほどグロテスクで滑稽《こっけい》な場面はそうめったにないだろう。見られることを想像しただけで、当人にとってはコンクリートに爪《つめ》を立てたくなるほどの屈辱にちがいない。

昨日、ぼくはその写真とコンドームを、父の寝室の壁にべったり瞬間接着剤で貼り付けてやったのだ。自尊心と羞恥心《しゅうちしん》めがけた狙《ねら》い撃ちである。

成功したらしい。翌日から《ケーキ屋のおねえ》の通勤が元に戻り、水曜日に冷蔵庫の補充にくるだけになった。顔を合わせても、わびしげな微笑を浮かべるだけで、ほとんど口をきいたことがない。

さらに三ヵ月待った。そろそろ薬を試してみる頃合いかな。

寒さもかなり緩んできたある水曜日、さりげなく《おねえ》に尋ねてみた。

「元気でやっているの？」

彼女は両腕を胸の前で交差させ、壁まで後じさって身構えた。ぼくが居間に引き返しかけると、ふと全身の力をぬいて、両腕を垂れるにまかせる。

「元気ならいいんだ」

《おねえ》は両手に顔を埋めると、小走りに帰っていってしまった。

その夜、トイレットペーパーの芯《しん》を抜き、隠しておいたガラス瓶を取り出した。掌に中味をあけて、匂いをかいでみる。いくらか酸味をおびた臭い。本当にこんなもので空が飛べるのかな？

舌先に載せ、コップいっぱいの水で流し込んだ。何事もおこらない。チョコレート・アイスクリームを舐めながら、待ちつづけた。ふいに横滑りして、転倒した。なぜかすこしも転倒感をともなわない、妙な感じだった。

注意ぶかく観察すると、床との間にかすかな隙間が空いている。力を抜くと、ゆっくり体重が減少していくのが分かる。床が氷のように滑る感じだ。でも飛翔にはほど遠い。全身の力をぬいてみた。シャツとズボンを脱ぐと、ちょっぴり床が遠退《とおの》く。浮かぶように気持ちを集中させると、さらに十センチほど上昇し、脚が上に引きあげられた感じで、額が床をたたいた。どうやら集中が動力源らしい。夜中ちかくまでかかって、やっと片手が天井に届いた。

透明人間の場合とは違って、なるにまかせればいいというものではないらしい。努力と訓練が要求されているようだ。それから半月以上、天井付近を浮遊徘徊《はいかい》し、方角や速度のコントロールを練習した。

かなり上達したつもりだが、なかなか外に出る気にはなれない。飛翔中、突風にみまわれたりしたらどうしよう。凧《たこ》のように電線にからみつかれ、感電死だってありえないことではないのだ。さしあたり熟練すべき目標は、水平飛行の維持、それから急旋回の確実さだろう。急上昇や急降下、それからスピードの調節などは、またその先の課題らしい。

完全に無風状態の日を待ちながら、さらに訓練を続けた。

ある夜更け、天井すれすれに8の字を描いたり、稲妻型に走ったりしていると、やんわり窓を叩《たた》く音がした。父と《おねえ》が並んで窓の外にたっている。二人はアシカみたいに両手をそろえて拍手している。

小窓をあけると、父が叫んだ。

「いいじゃないか、巧《うま》くいっているじゃないか」

「黙って消えろよ」ぼくも負けずに怒鳴り返した。「パパってよくよくの恥しらずなんだな、あんな目にあいながら……」

「当然だろ、恥なんか気にしていたら、金も地位もない人間はやっていけないよ」

「嫌だね」

「透明人間と飛ぶ男が手をくんだら、それこそ百人力だぞ」

「もううんざりだ」

「まあ聞いてくれ、色々と計画を練ってみたんだ。かなり壮大な計画だぞ、聞くだけ聞いてくれたっていいじゃないか。おまえ、神様になるんだ」

「いい加減にしろよ。ぼくは何処か遠くに飛んでいって、二度と戻ってこないことにするからな」

「パパがそんなに嫌なのかい？」

「嫌だ」

《おねえ》が喘《あえ》いで、父の腕をひいた。未練がましく、悄然《しょうぜん》と、二人は闇《やみ》の中に消えていった。

つぎの父との再会までには、一年以上の間が必要だ。《おねえ》のほうが身近な存在になる。輝く月を背に飛翔するぼくを見て、彼女はぼくに惚《ほ》れこんでしまうのだ。逃がすまいとして、ぼくを空気銃で狙撃《そげき》する。気の毒な狂女。しかし今度は父が嫉妬《しっと》に狂う番がくる。

さて、予定表を繰ってみようか。しばらくは《おねえ》が主役をつとめることになる。彼女が飛ぶ男の日々について語ってくれるはずだ。その間はぼくが、語られる側になるらしい。

第六話　飛ぶ男

電柱から電柱へ、月の粉をまぶしたような若い男が飛びつづける。まさか天使なんてことはありえない。女を襲おうとして、開いている窓を窺《うかが》いつづける暴行魔にきまっているさ。つねひごろ彼女は空気銃を手元において、待ち受けていたのだ。風邪も覚悟で、窓を半開きのままにして……

安部公房　―内部の内部に外部を探し求めた作家―

福岡伸一

細胞生物学の中で最も重要な概念は、内部の内部は外部である、というテーゼではないか、と私は思っていて、自分の本の一章もこのタイトルをつけたことがある。細胞とは、一枚の薄くて丈夫な膜で囲まれ、水溶液に満たされた小さな袋だと捉《とら》えられがちだが、実のところもっと動的な存在である。細胞を取り囲む細胞膜は、脂質二重層という構造を持ち、極めて動的に流動している。絶えず新しい細胞膜成分が供給され、古い細胞膜成分は回収されて分解される。そうしないと活性酸素の攻撃による細胞膜の酸化を排除することができない。

細胞膜から古い部分が回収されるときは、一部が内向きに陥入してそれがくびれ取られるようにして小さな球体（小胞）を形成、これが細胞内で分解される。逆に、細胞膜に新しい膜成分を挿入したいときは、細胞の内部で細胞膜と同じ成分でできた小胞が形成され、この小胞が内側から細胞膜にドッキングするかたちで、小胞は細胞膜の一部となる。

後者の仕組みは細胞外に放出すべき分泌《ぶんぴつ》タンパク質の輸送や、細胞内の老廃物を細胞外に捨てるためのシステムでもある。細胞内で生じた物質を細胞外に出したいとき、細胞膜に直接、通路を作ることは極めて危険である。その通路を通して外来物が一挙に流れ込んでくるし、細胞内の重要成分が流れ出してしまう。なので、細胞は自分の内部にもう一つの内部空間を作る。内部空間は膜で閉じられた小胞である。そして細胞は、内部に作られた内部の、そのまた内側に分泌タンパク質や老廃物を入れる。この行為は、分泌タンパク質や老廃物を細胞の外部に放出したのと、トポロジー的に同じことになる。これらを内包した小胞は内側から細胞膜にドッキングし、その一部が外部に開口することによって、内容物は外に放出される。これがすなわち、〝内部の内部は外部である〟ということであり、生命現象にあっては、内部の内部は常に外部と絡路を持っている。その絡路を行き来する動き、それが動的な生命の本質である。

初期の作品である『砂の女』、『他人の顔』から、後期の『方舟《はこぶね》さくら丸』、そして未完の遺作となったこの『飛ぶ男』に至るまで、安部公房の作品には一貫した問いかけがあると感じる。それは、人間は常に閉ざされた王国を自分の内部に作り上げようとする、が、それは決して自己完結した宮殿として完成することはない。むしろ閉ざされた空間は何らかの方法で世界に向かって開かれなければならない。そうでなければ生命は生命たることができない。その方策を何としてでも探求しなければならない。こんな問いかけである。

言い換えれば、安部公房は終生、内部の内部に外部との絡路を探し求めた作家、ということができると思う。

『飛ぶ男』の原稿は、安部公房の死後、彼が愛用していたワードプロセッサーから発見された。イ・チョンヒの研究によれば、本稿には、草稿やメモ書きの状態のものを合わせて全部で９つのバージョンがあり、少しずつ進化した形になっている。安部公房の没後、１９９３年に発表された『飛ぶ男』は、最後のバージョンに安部真知夫人による〝編集者的〟な加筆・改稿が施されたものだった。今回の文庫化にあたっては、この加工を元に戻し、安部公房による未完の絶筆としてそのままの原稿が採用された。〝飛ぶ男〟は、おそらく壮大な構想を持って書き上げられるべくして開始された大きな作品であり、この文庫に収録されている『飛ぶ男』と『さまざまな父』は、〝飛ぶ男〟のほんの断片でしかないのだろう。

しかしそんな断片の中にさえ、内部の内部から外部へと開かれるべき回路の模索が始まっていることを感じ取ることができる。

『飛ぶ男』を、これより前に刊行された長編『方舟さくら丸』と比較しながら見てみたい。同型の構造をあちらこちらに見て取ることができる。『方舟さくら丸』の語り手の〈ぼく〉はひきこもりの元カメラマン。「もぐら」と呼ばれている。彼は、壮大な計画をもっていた。地下採石場跡の巨大な洞窟に、来たるべき核戦争にそなえて、閉鎖空間で自己完結する王国、つまり現代の「方舟」と呼ぶべき秘密シェルターを建造していたのだ。

『飛ぶ男』の主人公、保根治《ほねおさむ》も写真が趣味。自室は写真機材と現像のための暗室の他、細々とした趣味の品々で満たされている。つまり、保根は、〈ぼく〉と全く同型の、内向的で引きこもり傾向がある人物である。

安部公房はこの自己完結性という命題が殊《こと》の外、好きだったようだ。その象徴として表現されるのが、『方舟さくら丸』の〈ぼく〉が出会う時計虫、ユープケッチャである。

ユープケッチャは足がない。移動の必要がないからだ。そのかわり触角を使って自分のお腹を中心に時計のように回転できる。そして回転しながら自分の排泄物《はいせつぶつ》を少しずつ食べて生存する。食べる速度が遅いため、その間に排泄物に繁殖したバクテリアが養分の再生産をしてくれる。こうしてユープケッチャは永久機関のように回転をし続けて、自己完結的な生を生きる。

しかし、自己完結的な内部の内部は甘美な幻想に過ぎない。内部の内部は、様々な闖入者《ちんにゅうしゃ》や想定外の出来事によって攪乱《かくらん》されることになる。『方舟さくら丸』では、秘密裏に作られたはずの〈ぼく〉の地下迷宮に次々と侵入してくる者がいる。スィート・ポテトを販売する「千石屋」、高齢者の清掃ボランティア団体「ほうき隊」、不良少年グループ「ルート猪鍋《いのなべ》」、両方の組織の長である「モグラ（もぐら）」の父親。

『飛ぶ男』では、飛ぶ男自身が、保根治の世界への闖入者であり（書き出しの一文は、何度読んでも見事なほどの安部公房文体である）、飛ぶ男を空気銃で狙撃《そげき》した女も、保根治の内部世界に乱入してくる攪乱者である。〃飛ぶ男〃は、保根の弟、という設定だが、小説においては、保根の分身のような存在と考えてもよいかもしれない。攪乱によって自己完結していたはずの「方舟」が崩壊していくように、保根治の内的世界も、闖入者によって外側に開いていかざるを得ない。しかも、長らく封印されていた父親との対決も重要なテーマとなって浮かび上がってくる（その物語は『さまざまな父』で一部語られている）。狙撃女（小文字並子）は、実は、仕手戦に巻き込まれた製薬会社から機密文書を持ち出していた。このような記述は、いずれもこのあと『飛ぶ男』のスリリングな展開に重要な役割を果たす伏線だったはずだ。

完璧な閉鎖生態系で自己完結的に生存するユープケッチャもまた、本当は完璧でない。ユープケッチャの排泄物の上に繁殖したバクテリアが養分を再生産してくれるというものの、バクテリアも生命体である以上、ユープケッチャの排泄物を有機物に変えつつ、自らの生命活動維持のためにその有機物を燃やしてエネルギーを生産する必要がある。その結果、燃えカスとしての二酸化炭素や水、老廃物ができる。これらの廃棄物（＝エントロピー）は外部に排除されなければならない。このためには外部への絡路がいる。もし閉鎖系内でサイクルを維持しようとすれば、二酸化炭素を再利用しなければならない。そのためには光合成能力を持った植物性のバクテリアの共存が必要となる。植物性のバクテリアは二酸化炭素を有機物に還元することができるが、そのとき外部から光エネルギーを必要とする。つまりここにも、どうしても外部環境との回路が必要となるのだ。作家ももちろんこのことをよく自覚していた。『方舟さくら丸』には、エントロピー排除のために、〝万能便器〟が用意されていた。あらゆるものはここに放り込んでフラッシュすればどこかに消え去ってしまう。永久機関を維持するための、一種の現実歪曲《わいきょく》装置である。ところがあろうことか〈ぼく〉自身が片足を便器に吸い込まれそうになり、身動きがとれなくなってしまう。完全な宮殿を構築した自分自身が、エントロピーとして排除されそうになるという悲喜劇が起きるのだ。

『飛ぶ男』にも現実歪曲装置がある。飛ぶ男の特技は〝スプーン曲げ〟なのだ。文字通り、現実を歪曲する装置。おそらく作家は、このチープな〝超能力〟に当時の日本人が熱狂したことを題材に、『方舟さくら丸』の便器が果たしたような、自己完結的にみえる閉鎖系を外に開こうとする役割を、飛ぶ男、マリ・ジャンプに持たせようとしたのだ。『方舟さくら丸』の便器よりも、もっとダイナミックで変幻自在な媒介者として、内部の内部から、外部につながる通路を劇的に開こうと企てていたはずだ。

周知のとおり、安部公房は世界性を持った作家としてノーベル文学賞の候補に挙がっていたとされる。彼の作品群は、ベルリンの壁崩壊前の東欧圏で、非常に広範囲に、しかも好意的に受容されていた。それは、閉鎖的世界の内部に——特に国家というシステムに——封じ込められていた人々に対して、内部の内部は外部である、というテーゼが共感をもって迎え入れられていたからではないだろうか。

本書と同様に、ワードプロセッサーに残されていた安部公房の『もぐら日記』には、こうある。

「[仮説——生物の種保存則《X》の系統発生的進化過程を《Y》とせよ。《Y》の言語レベルでの進化到達点が「国家概念」である。この《Y・国家》に対応する《X》の具体例をさぐれ。つまり現時点では国家がもっとも進化した「縄張り」であることを歴史的事実として認めないわけにはいかない。しかし同時に、これが死にいたる病であることもほとんど確実である。処方せんは存在するか?!]」

我々、ホモ・サピエンスは、ただ一つのヒトという種である。だから本来は、生物学的にはヒト種が保存されさえすればよい。そこには人種（人種という「種」はない）的差異も、文化的差異も、国家による分節もなかった。しかし、個体としてのヒトは、種としてのホモ・サピエンスとのあいだに、系統発生的に、様々なレベルのフィクショナルな階層・集団《Y》を作り出した。その最たるものが国家であるというのだ。このフィクションを作り出したのは言語《ロゴス》の作用である。《X》の具体例は、内部の内部に自己完結的な世界を構築しようとする私たちの言語の構造指向性だ。

　安部公房は『もぐら日記』にこうも記している。

「国家を形成している各ブロックをつなぐモルタルとしての言語。言語の粘性を変化させる溶剤もまた言語である。(中略)国家の解体は幻想か? たしかに人間から「集団化」の衝動を完全に拭《ぬぐ》い去ることは不可能だろう。しかしそれがナショナリズムに結晶していくことは防げるかもしれない。(中略)言語だけが唯一のかすかな希望だ。」

　安部公房は『飛ぶ男』において、内部の内部から外部への絡路を開くための画期的な実験を、時空を自在に飛行する〝飛ぶ男〟の言葉を駆使して行おうとしていた。硬直した分断の言葉に流動性を与えようとした。つまり言語の粘性を溶かそうとした。もし『飛ぶ男』が完成していたなら、世界は、あるいはホモ・サピエンスは、もう少しだけ利他と共生に接近した、新しい《Y》のありかたに気づけたかもしれない。この意味において、進歩と調和ではなく、むしろ停滞と分断がさらに進行する今こそ、安部公房は読み直されるべきだし、こうして『飛ぶ男』が文庫化される現代的意味があると思える。


(令和六年一月、生物学者)

この作品は一九九四年一月新潮社より刊行された。

文庫化にあたっては二〇〇〇年十二月新潮社刊『安部公房全集29［1990.1―1993.1］』所収のテキストを底本とした。

【読者の皆様へ】

本書収録作品には、今日の人権意識に照らし、不適切な語句や表現が散見され、それらは、現代において明らかに使用すべき語句・表現ではありません。

しかし、著者が差別意識より使用したとは考え難い点、故人の著作者人格権を尊重すべきであることという点を踏まえ、また作品の歴史的文学的価値に鑑み、新潮文庫編集部としては、原文のまま刊行させていただくことといたしました。

決して差別の助長、温存を意図するものではないことをご理解の上、お読みいただければ幸いです。

文字表記については、原文を尊重するという見地に立ち、難読と思われる語であっても、読みが複数あり、決定しきれないものについては振仮名を振らないこととしました。

（新潮文庫編集部）

飛《と》ぶ男《おとこ》

新潮文庫　あ－4－25

令和六年三月一日発行

著者　安《あ》部《べ》公《こう》房《ぼう》

発行者　佐藤隆信

発行所　株式会社　新潮社

郵便番号　一六二－八七一一
東京都新宿区矢来町七一
電話　編集部(〇三)三二六六－五四四〇
　　　読者係(〇三)三二六六－五一一一
https://www.shinchosha.co.jp

価格はカバーに表示してあります。

乱丁・落丁本は、ご面倒ですが小社読者係宛ご送付ください。送料小社負担にてお取替えいたします。

印刷・大日本印刷株式会社　製本・加藤製本株式会社

© Kenji Abe 1994　Printed in Japan

ISBN978-4-10-112125-3　C0193